16
蝸牛くも
Kumo Kagyu
插畫／神奈月昇
哥布林殺手
GOBLIN SLAYER!

哥布林殺手

人物介紹

CHARACTER PROFILE

——保護、治癒、拯救。『地母神的三聖言』

女神官 Priestess

與哥布林殺手組隊的少女。因心地善良，常被哥布林殺手魯莽的行動耍得團團轉。

——換言之，我等於是對他們而言的哥布林。

哥布林殺手 Goblin Slayer

在邊境小鎮活動的怪人冒險者。單靠討伐哥布林就升上銀等（位列第三階）的罕見存在。

——沒有筆也沒有紙，又怎麼有辦法冒險？

櫃檯小姐 Guild Girl

在冒險者公會工作的女性。總是被率先擊退哥布林的哥布林殺手所助。

——無論何時，對她而言最重要的，
都是天氣、家畜、農作物，還有他。

牧牛妹 Cow Girl

在哥布林殺手所寄宿的牧場工作的少女。也是哥布林殺手的青梅竹馬。

——無知的人才有福。
因為知道就是極致的喜悅。『妖精格言』

妖精弓手 High Elf Archer

與哥布林殺手一起冒險的妖精少女。擔任獵兵（Ranger）職務的神射手。

16
哥布林殺手
GOBLIN SLAYER!
anyone roll the dice.

「很髒。」
「我不介意。」

我要擅自得到幸福。
「……這點小事，沒關係吧？」

Contents

GOBLIN SLAYER!

He does not let anyone roll the dice.

Rhea Sword Girl
© Noboru Kannatuki

Wiz Boy
© Noboru Kannatuki

「鍛鍊自己，揮刀屠戮。會出血的就不是敵手。」——鋼的祕密之一端

重戰士 Heavy Warrior

隸屬於邊境之鎮冒險者公會的銀等級冒險者。和女騎士等人一同組成邊境最棒的團隊。

——龍是不會逃避的。

蜥蜴僧侶 Lizard Priest

與哥布林殺手一起冒險的蜥蜴人僧侶。

——無論寶石還是金屬，琢磨前都是石塊。
這世上沒有一個礦人，會用外表來判斷事物。

礦人道士 Dwarf Shaman

與哥布林殺手一起冒險的礦人術師。

「愛並非對望，而是並肩望向同一個去處。」——某位詩人

劍之聖女 Sword Maiden

水之都的至高神神殿大主教，同時也是過去和魔神王一戰的金等級冒險者。

我不想讓值得尊敬的敵手，變成明天的朋友。
至少今天還不行。

長槍手 Lancer

隸屬邊境小鎮冒險者公會的銀等級冒險者。

——神祕與愛，愈透過舌尖編織就愈鬆散，更不用說是女性之美了。

魔女 Sorceress

隸屬邊境小鎮冒險者公會的銀等級冒險者。

序章

『馬上槍術的練習對象』

Knight's Tale

「很多人第一次受傷是栽在默默無聞的騎士手裡。別被外表騙了！」

觀眾隨著這句嘲諷哄堂大笑。

這個反應很正常。兩名騎士手拿長槍及盾牌，穿著鎧甲騎在坐騎上。

一人是騎在小馬上的壯漢，這個村莊力氣最大，在菸草農場工作的小鬼頭。

另一人是騎在驢子上的瘦小少女，她穿著不成套的鎧甲，疑似是中古貨。

不喜歡家人幫她找的對象，因而逃出家鄉的野丫頭回來了。

她扮成騎士的模樣，跑來參加馬上槍術比賽，自然會被笑。

跟她比起來，騎士的木偶——拿著長槍和盾牌的練習用靶子還比較像樣。

鐵盔的面罩遮住了小鬼頭令人不快的奸笑。

八成是在想像自己擊飛少女，贏得獎賞，前往王都的情境。

真是自以為是。她怒火中燒，下定決心一定要把那個小鬼頭踩在腳底。

「——看我把他打得遠遠的！」

「就跟妳說不用把對手打飛了。」

圃人（Rhea）少女燃起鬥志，身高和騎在驢子上的她相去不遠的少年嘆了口氣。

跟圃人比起來，少年當然顯得很高。只不過以凡人（Hume）來說，他屬於身材瘦弱的那一類。

他生疏地將腰間的飛棍（Boomerang）調整回原位，咕噥道：

「妳知道比賽規則嗎？」

「知道啦……」

圃人少女劍士頭盔的面罩都還沒放下來，似乎被鎧甲弄得很拘束，面向朋友。

臉上看不出緊張的情緒，態度十分自然。但她一直氣呼呼的。

「我就是為了揍飛那種人，才成為冒險者喔？」

「不用揍飛啦。只要不落馬就是妳贏了。」

相對的，少年魔法師一副如坐針氈的樣子。

畢竟他可是「大人」，還是「魔法師」。

圃人的村莊來了這麼一號人物，自然會引起注目。

小孩子吵著要他放煙火，大人們把他當成奇珍異獸看待，叫他抽菸。

還有人胡亂猜測他跟身旁這位少女的關係，他費了好一番工夫才把偷窺狂趕出準備用的帳篷。

除此之外，還得幫吵著鎧甲太緊穿不下的她穿戴裝備——

——真是的……！

少年拚命從腦海驅散那以她的種族及體型來說過於豐滿的胸部。

「不落馬就行。這樣就算同分，雙方都要下馬比劍了吧？」

「噢，意思是……」

少女咧嘴一笑，放下頭盔的面罩，扣上扣具說道：

「——你覺得比劍術我就能輕易獲勝？」

「……」

少年魔法師沉默了一會兒，用非常嚴厲的語氣叮嚀她：

「好了啦，出發後要把長槍掛在鎧甲的扣具上喔。固定武器很重要。」

「好——」少女發出含糊不清的笑聲。「那我要去揍飛他了！」

跺腳聲響起。跺腳聲響起。拍手聲響起。

跺腳聲響起。跺腳聲響起。拍手聲響起。

有人拍打柵欄，有人拍打鎧甲，有人用槍柄敲打地面打拍子。

受到讚頌的，是古代的森人女王(Elf Queen)。

她賞賜的庭園的土壤，為這座村莊帶來豐饒的自然環境及收穫。

不過，奏響這首樂曲的不是其他，正是觀眾的熱情。

馬上槍術比賽（Tournament）。

在四方世界，棋盤上的大地，豈有人不會為此熱血沸騰？

與冒險、桌上遊戲、馬人（Kentauros）們的競爭匹敵，最盛行的娛樂活動之一。

在這座蓋滿菸草農場及田地的恬靜圃人村莊亦然。

更遑論這場比賽賭上的是前往王都的車票。

在大部分的人一輩子都會在村裡生活，連外界都沒去過的這個時代，此乃珍貴的權利。

基於古早時代，侍奉國王的圃人騎士留下的傳統，圃人村也擁有這個機會。

就算沒有凡人王國中的騎士貴族，圃人村的居民也能爭取那個機會。

對年輕人來說跟作夢一樣。小鬼頭也好，少女也罷，都是一樣的。

在一旁觀戰的人們，也在他們身上看見總有一天會有這個機會的自己，或是曾經有過這個機會的自己。

不，何必解釋這麼多。

很有趣。

令人熱血沸騰。

很愉快。

讓人們熱衷於馬上槍術比賽的理由，這樣就足夠了！

觀眾的熱情達到最高峰的瞬間，站在中央的裁判舉起用來當分界線的旗子。

「喔喔喔喔喔喔!!」

「嘿、呀啊啊啊啊啊!!」

兩位騎士吶喊著策馬——其中一隻是驢子就是了——狂奔。

少女身下的驢子被她一踢，瞬間嘶吼著用後腿站起來。少年魔法師咬緊牙關。

然而，眨眼的時間過後，驢子也在賽場上揚起沙塵，衝向敵人。

「上啊……上啊……！」

馬上槍術比賽使用的長槍，當然不是金屬製的槍。

而是外型美觀，加工得比較容易碎裂的競技用木槍。

不過槍身因此偏長，不易維持重心，而且要用一隻手臂支撐，騎手的負擔也會增加。

「該死……！」

在上下震動的馬鞍上，少女難以用纖細的手臂提起長槍，把長柄卡進鎧甲的扣具。

「哈哈！」

對手於她苦戰的期間，不慌不忙地單手抬起長槍，牢牢固定在扣具上。

要瞄準的地方是對手的盾牌、身體或頭部。能保證命中的是盾牌，可是若想讓對手落馬。

「……！」

塗抹鮮豔色彩的槍尖指向少女的臉，少年魔法師握緊雙拳。

再怎麼說都不會受傷吧。比賽用的鎧甲又厚又堅固，但那是到處搜集來的中古貨。

應該沒問題。上吧，上吧，上吧。把槍固定在扣具上。千萬別落馬。只要別落馬就好。

他敲著柵欄，紛亂的思緒像氣泡似地浮現腦海又炸開。

連冒險都沒有這麼緊張過。明明只是站在旁邊看，難道就是因為他只是站在旁邊看？

啊啊，不過，可惡……！去吧，奪得勝利，上吧，上吧……！

「喝啊啊啊……!!」

他覺得自己聽見了長槍固定在扣具上的聲音。

然而，下一刻響徹四方的，是雙方的槍用力刺中對方炸開的巨響。

木片華麗地四散，金屬鎧甲凹陷進去，盾牌從手裡飛出。

即使是小馬和驢子，倘若沒裝備防具就承受這麼劇烈的衝擊，當場喪命都不奇怪。

因為拿著金屬長槍的騎士的突刺，其威力據說勝過衝車的一擊。

歡聲四起。婦女的尖叫聲也傳入耳中。聽見鎧甲的落地聲。

少年魔法師掩面嘆息。啊啊，真是的。等等要訓她一頓。

「就跟妳說不用把人家打飛了……！」

第1章『王都的假日』

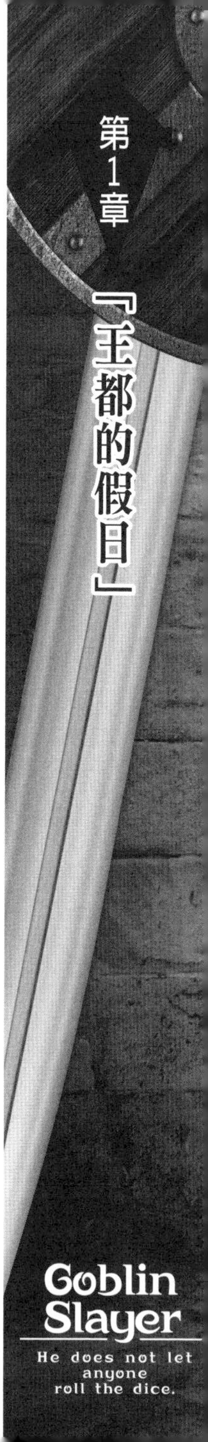
Goblin Slayer
He does not let anyone roll the dice.

「哇……！」

她上一次興奮地驚呼，是去妖精鄉的時候。

意即王都對她而言，是足以媲美妖精鄉的夢幻場所。

直達天際的摩天大樓（Skyscraper）、整齊的石板路、行人身上五彩斑斕的服裝。

一切都是那麼耀眼，環顧四方也看不見原野。

映入眼簾的大自然，只有在高處裁切成一塊的藍天。

連那塊藍天都是模糊的藍色，宛如被抹開的顏料。

水之都也有大都市的感覺，可是這裡——

「好壯觀……！」

牧牛妹只想得到這個形容詞。

「呵呵呵，習慣後就不會覺得有多稀奇了。」

喀。發出輕快腳步聲站到她旁邊的，是冒險者公會的櫃檯小姐。

——或許不能這麼說。因為她身上穿的是高級的禮服。

當然，這是站在牧牛妹的角度來看。對櫃檯小姐而言，那套衣服肯定是便服。

再怎麼說，她可是貴族家的千金小姐。跟自己這個在牧場工作的女孩相去甚遠。

光拿她跟自己比，就覺得難為情，不過——

「在凡人（Hume）眼中，森人（Elf）的村子應該也是這種感覺吧？」

她的意思是一山還有一山高，牧牛妹反而可以不用在意外貌的差距。

在上森人公主面前，其他凡人女孩看起來八成都一樣。

她穿著旅行裝束——跟冒險時差不多的服裝，於王都的石板路上前行，行人紛紛盯著她看。

連王都的人都不常看見擁有璀璨星眸及通透綠髮的上森人。

妖精弓手（Elf）對那些好奇、好色的視線視若無睹，搖晃長耳。

「奇特、熱鬧、罕見。大概是這種感覺？嫌那裡小我就不能接受了。」

「哎唷，森人當然不覺得小囉。」

礦人道士（Dwarf）回應妖精弓手，手上已經拿著串燒，不曉得是去哪買來的。

他嚼著烤得恰當好處的肉串，將整根烤紅蘿蔔遞給妖精弓手。

比賽流行起來後，來到王都的馬人（Kentauros）等喜愛競賽的人變多了，販賣這些食品的攤

販也隨之增加。

「謝謝。」妖精弓手毫不客氣地大口咬下，滿嘴都是蔬菜。

礦人道士側目看著她，舔掉沾到手指上的油脂，惡劣地瞇起眼睛。

「森人住的地方根本不叫房子。只是住在樹洞裡罷了。」

「你那叫歧視。文化歧視。」

「隨妳怎麼說。總有一天要讓妳見識見識礦人（Dwarf）的都市。」

「那才叫地洞吧。同樣是洞，圃人（Rhea）的民宅感覺還比較舒服。」

「那也是仔細蓋成的建築物。跟森人差遠咧。」

回罵「你說什麼！」的聲音，反駁的聲音。一如往常的熱鬧對話。

不過，王都的人潮驚人到連兩人的鬥嘴聲都能蓋過。

目所能及之處全是人、人、人、人、人、人、人、人、人。

穿著七彩的衣服，用各種語言交談，像河川似地流向兩側。

馬人、獸人、森人、礦人、圃人、凡人，甚至還有從未見過的種族。

都避開人潮站在大街的路旁了，還是有可能被人流沖走。

色彩的洪水。妖精弓手剛才說了文化一詞，這正是文化衝擊（Culture Shock）。

身為一名畫家，面對這幅景象萬萬不可扔掉畫筆。

因為，要說世上的一切全數凝聚其中都不為過。

「話說回來。」

呼。差點被人擠得無法呼吸的少女，在牧牛妹旁邊喘了口氣。

初次見面時跟小孩子沒兩樣的她，如今成了亭亭玉立的少女。

身為地母神神官的她壓著戴在金色長髮上的帽子，眨眨眼睛。

「雖然我早就聽說人很多……真的很驚人呢。」

「是嗎？」

是的。以前也來過王都的女神官點頭肯定。

她也是在邊境出生、長大，這幾年卻去了各種地方冒險。

可是，都有過至少能以豐富形容的經驗了，女神官仍然為充斥王都的人潮瞠目結舌。

初次來到王都的時候，她也大受震撼，不過——

「比那個時候更多人。」

「因為要舉辦比賽了嘛！」

櫃檯小姐挺起曲線優美的胸部。

正是如此。雖說四方世界無邊無際，比競賽更熱鬧的活動並不多。

冒險可以說是開滿四方世界的鮮花，但會好奇誰在一對一（PVP）的競賽中更加強大，乃人類的天性。

連眾神都會興致勃勃地觀察棋盤，還少得了戰女神的庇佑嗎？

「呼呼呼。若有自己的坐騎，貧僧也想試試身手吶。」

蜥蜴僧侶（Lizardman）漫步前行，抱著一堆行李。

這是當然的，畢竟穿過城門後要把馬車上的貨物卸下來。

「拿去。」妖精弓手舉起礦人道士買來的烤起司串。

蜥蜴僧侶說了句「感激不盡」，一口咬掉妖精弓手手中的烤起司。

「唔，甘露，甘露……不過唯有騎士方能參加，實屬遺憾。」

「就算不是官員，也有辦法參賽呀？」

尾巴拍打石板路的聲音，引來數名行人的注目。

然而，他們判斷那只是一名愛看熱鬧的觀眾，很快就移開了視線。

每個人都在關注比賽，沒時間理會區區的觀光客。

「事實上，各種族都有選出代表，按照部門參賽。」

「原來如此，原來如此。礦人、圃人、森人、獸人、凡人，身體結構不同，分門別類也是自然。」

可是，無差別競技同樣令人振奮吶。好像也有那種部門喔。

牧牛妹心不在焉地聽著身旁的對話，瞄了走在最後的那個人一眼。

——難得的休假。

大概是。

不是冒險，不是牧場的工作。在朋友的邀請下，大家一起來到王都。

出遠門的時候會讓她想起之前冬天的不好回憶，但這次完全沒有那個跡象。

所以——儘管這兩件事並沒有因果關係——牧牛妹詢問他：

「要先……做什麼呢？」

映入眼簾的事物全都閃閃發光，耀眼奪目，看起來饒有趣味，使她雀躍不已。

離比賽開始還有一些時間。雖然稱不上足夠。

他——她的青梅竹馬聽了，低聲沉吟，重新拿好手中的行囊。

穿戴骯髒的皮甲、廉價的鐵盔，手上綁著一面小圓盾，腰間掛著一把不長不短的劍的冒險者。

被行人當成可疑人士看待的那名男子嚴肅地點頭，開口說道：

「……要做什麼。」

對於休假要如何度過，哥布林殺手一竅不通。

§

事情的起因是櫃檯小姐和牧牛妹聯手勾結——或者說共同合作提出的建議。

一起去看王都舉辦的馬上槍術比賽吧。

妖精弓手二話不說地舉手表示「我想去！」蜥蜴僧侶附和道「甚好」。

喜歡祭典的礦人道士也興味盎然地說「哎，不壞的建議」。

女神官對於出遊、參加祭典一事，至今依然有點排斥。

——對了，之前去的時候……

因為發生了許多事，半點出遊的氣氛都沒有。

而且是馬上槍術比賽。騎士們一較高下的比賽，她也想看一眼。

畢竟她的前輩女性冒險者之一，是那位英氣煥發的女騎士……

「我、我想去看看！」

最近，女神官懷著要跳上舞臺的心態舉手發言的頻率增加了。

「嗯，錯過這一次，感覺很難再有機會。」

櫃檯小姐微笑著從旁推了一把，牧牛妹拉扯他的衣袖。

「去看看嘛。我覺得……一定很有趣喔？」

「唔。」

事已至此，哥布林殺手無權拒絕。

因為，冒險者團隊的頭目（Party Leader）擁有的權力並不大。

僅僅是負責決定方針的那個人，無法憑一己之見將特定成員趕出團隊。

所以他模仿古老的《愛點頭的森人》這個故事，默默點頭。

於是，一行人搭乘馬車，千里迢迢從邊境小鎮來到王都。

他們擠開大量的旅客，跟疲憊的門衛打了聲招呼，穿過城門。

旅館也找好了，在眾人思考接下來要做什麼的時候——

「把前陣子沒逛到的地方逛一遍吧！」

「哇!?」

妖精弓手不由分說地拉著女神官的手跑掉。

甩動馬尾輕快奔馳的模樣，儼然是踩著水邊的葉子的妖精。

女神官被她拽著追在後面，按住帽子小聲說道：「不好意思，等等見！」

櫃檯小姐揮著放在腰部的手，目送兩人離開，牧牛妹側目看著她，腦中浮現一個疑惑。

「前陣子……？」

「以前來過王都。」

牧牛妹嘀咕著「她說的是什麼時候的事呀」，哥布林殺手簡短回答。

那不是超過一年前的事嗎？不對，在森人心中確實是前陣子吧。

「最後跑去剿滅哥布林。」

「剿滅哥布林……」

「對。」

「這樣呀。」

的確會想重逛一遍。

牧牛妹在冬天的雪山經歷過剿滅小鬼任務的冰山一角，思及此，這種感受就更加強烈。

不過，礦人道士、蜥蜴僧侶、櫃檯小姐複雜的表情，令她有點在意。

「哎，那咱們也把當時沒逛到的地方逛一遍唄！」

牧牛妹開口提出疑問前，礦人道士用厚實的手掌拍打哥布林殺手的背。

他隨著金屬板砸在石板路上的聲音踉蹌了一下，一條長尾將他拉回原處。

「是啊，既然要舉辦比賽，攤販也不少。豈能錯失良機！」

「唔……」

他咕噥一聲，喃喃說道「是這樣嗎」，接下來就只能任人擺布了。

「那麼兩位，借一下小鬼殺手兄。」

「甭擔心，晚上會還妳們。」

被蜥蜴僧侶和礦人道士這兩個力氣超出凡人的夥伴拖著，哥布林殺手無從抵抗。

不如說沒打算抵抗。

「似乎，」聽起來搞不清楚狀況的語氣，很符合他的個性。「就這麼定了。」
三位男性留下這句話，一同走向熱鬧的祭典。
「啊。」
牧牛妹話只講到一半。她不知道自己要講什麼，大概是「機會難得」之類的。
可是，她也沒有要阻止的意思。阻止他盡情享受假日與祭典。
——不知道隔多久了。
在之前的收穫祭上，到頭來他也是在戒備小鬼。
雪白美麗的手掌輕輕放到肩上，彷彿看穿了她的想法。
轉頭一看，是將收穫祭平分成上下午兩個時段，跟她各占一部分的勁敵。
「呵呵，有什麼關係，還有很多時間。」
「……妳的，」是惡作劇的氣味。牧牛妹感覺到自己心跳變快了。「意思是？」
「機會難得，去盛裝打扮一番吧！——扮成王都風！」
啊啊，那還真是——多麼令人興奮的惡作劇。
「嗯，麻煩妳了……！」
想成為公主殿下，也需要冒險。

§

以琥珀色石頭蓋成的室內市場（Macellum），是超出牧牛妹想像的場所。

聽說這裡原本是為了讓人在集市日（Nundinae）以外的時間也能買東西，開在能遮風擋雨的庭園的露天市場。

不知不覺成了有屋頂的常設市場，直至今日。

櫃檯小姐帶牧牛妹來到的市場，似乎是王都的眾多市場中最大的。

「這裡是用來紀念古代大帝戰勝的廣場。現在大家都是來買東西的。」

對王都沒有任何知識的牧牛妹，比起櫃檯小姐的介紹，更加沉浸在眼前的景色當中。

做為知識神城塞的圖書館旁邊，蓋了蒙受交易神恩寵的這座市場，是兩位神明關係良好的證據。

作工精細的拱廊（Arcade）共有五階、五層樓高，如同巨人的樓梯。

每層樓的屋頂都是露臺（Balcony），擠滿人潮。

肉腥味、魚腥味、料理的味道。沒聞過的味道。這些氣味隨著喧囂聲撲面而來。

以及來來往往的人、人、人、人群！

看不出來自何方、哪個種族的人們，在眼前來回走動。

不僅如此，那些人滿手都是產地不明的商品！

彷彿四方世界的東西全部塞進了這座市場。

牧牛妹覺得五感快要失常，才往前走了幾步就頭暈目眩。

「這裡……」她的聲音在顫抖。「……這麼大的建築物，通通是店家嗎!?」

「五樓是辦事處。每層樓大概有四十間店，所以總共有——」

櫃檯小姐豎起纖細的手指抵著下巴，在腦中迅速計算完畢。

「差不多一百六十間店。」

「嗚咿咿……」

真的恐怖到她哭出來。一百六十間店？同時？在建築物裡？

她還以為市場就只有邊境小鎮和故鄉的村落偶爾會出來擺攤的露天市場。

「比集市日（Nundinae）貴一點就是了。好，我們出發吧！」

「嗯、嗯……！」

牧牛妹緊張得講話結巴，努力跟在櫃檯小姐身後。

貴是有多貴？我的零用錢夠嗎？買得起嗎？可以買嗎？

雖然她已經不是在祭典上亂花錢會被舅舅罵的年紀了。

她覺得眼前這位熟練地前進的女性很厲害。

穿著這種簡單的外出服踏進這種地方，沒問題嗎──

「放心，大家都不太會去注意其他人，而且──」

大概是察覺到了牧牛妹的心情，櫃檯小姐轉頭說道，馬尾在空中舞動。

「這身裝扮很可愛呀？」

「別逗我了……！」

牧牛妹試著反駁，可是走近一步，確實如她所說。

「哇……一雙鞋子(Sandal)要兩枚金幣……!?」

「這雙鞋不錯。唔……聽說打扮要從腳開始……」

不可能有時間觀察人潮。光看旁邊的店家和商品就忙不過來了。

那是什麼？那這個呢？那家店賣的是？

幼稚的問題宛如氣泡，一個個浮現腦海，她忍住沒有問出口。

──因為，這樣。

這樣不就像被姊姊帶著的妹妹嗎？明明是在跟朋友一起逛街。

「哇……！」

然而，如此心想的牧牛妹終於忍不住停在某家小攤販前面。

沒錯，這棟室內市場裡面幾乎都是店面，只有那裡是攤販。

開在兩間店之間的交易神神像前。

仔細一看，除此之外還有幾個類似的場所，同樣有人在那裡擺攤。

看來神明腳邊是允許擺攤的地點。

那家店賣的是牧牛妹從未見過的美麗布料。

閃耀光芒的布料僅僅是放在那邊就像寶物一樣，令人目不轉睛。

除此之外，店長還是雪白柔軟的可愛蟲人少女。

即使不是牧牛妹，會驚呼著看入迷也是無可奈何。

「噢。」

櫃檯小姐從旁探出頭，眨眨眼睛。

「蠶人來供奉絲綢了。」

「這是絲綢!?」

絲綢。第一次看到。竟然是這麼高級美麗的東西，我都不知道。

牧牛妹緊張地觀察那塊布，如同流動的銀沙，光滑且耀眼。

聽說公主殿下穿的禮服和內衣，就是用那種叫絲綢的布料製作的。

——好厲害……

她還以為絲綢通通來自位於東方盡頭的沙漠的另一側。

沒想到是蠶人少女她們費盡心思織出來的……

「您要……」蠶人少女用銀鈴般的悅耳聲音，斷斷續續地詢問。「……買下它嗎？」

蠶人又大又可愛的黑眼珠，由下往上看著牧牛妹。

用這塊絲綢做禮服，肯定能做出十分美麗——沒錯，公主殿下會穿的那種禮服。

牧牛妹腦中浮現自己穿禮服的模樣，頓時覺得一點都不適合，反射性搖頭驅散那個畫面。

可是，真美。真的是非常美麗的絲綢。牧牛妹吞了口口水。問一下又不用錢。

「請問，這要多少錢？」

「多少錢都可以……若您願意出個好價格，它就讓給您了。」

「呃……」

「呵呵，蠶人把販售絲織品當成進貢給交易神。」

櫃檯小姐從旁伸出援手。聽她這麼說，牧牛妹也懂了。

當然沒有清楚明白。

只不過——

——也有這種人呢……

她默默接受了。僅此而已。

「畢竟……」蠶人少女輕輕低下頭。「……這是我生命的價值。」

「那可不能隨便開價……！」

生命的價值。她實在開不了口叫人家賣一個她買得起的價格。她連自己值多少錢都不知道。

牧牛妹帶著尷尬的笑容回答，蠶人少女只點頭說了句「是嗎」。

似乎並沒有因為她沒出價而感到遺憾。

看著人潮的雙眼如同凝視河面的釣客，只是靜靜等待著。

跟在牧場等待青梅竹馬回來的自己看著行人時的眼神十分相似。

這時——

「那麼，請讓我看一下。」

一隻穿著黑色高級服飾的手臂突然從旁伸出，熟練地拿起布料。

手臂的主人是與男裝相襯的美麗少女，她扇動睫毛眨了下眼。

「怎麼樣？用來做妳的衣服，應該滿好看的？」

「唔，還不錯。重點在於，它是由這麼可愛的女孩親手織成的！」

回答她的人比少女高一顆頭——沒錯，得抬頭才看得見她的臉，同樣是女性。

她搖晃挺立的耳朵，兩眼迸發閃電般的光芒，揚起嘴角。

「如何？妳願意把這塊布賣給我嗎？」

「……您願意出多少錢？」

擁有閃電之眼的馬人跑者無視在旁邊嘆氣的女商人，英姿煥發地說：

「為妳獻上一場勝利。」

§

「……好久不見。」

「該怎麼說……妳長大了呢……！」

「不敢當。」

展露柔和微笑的友人，表情不再像以往那麼疲憊及嚴肅。

牧牛妹高興得不得了，笑咪咪地拍手。

一行人來到餐廳。

本以為既然開在王都，八成是極度高級的店家，事實卻並非如此。

是家四名女性可以在下午一同入座，氣氛歡快的店，牧牛妹鬆了口氣。

其他坐在位子上的，推測也是來自各地，前來觀賽的人。

人山人海的熱鬧氣氛，與她偶爾會去的冒險者公會的酒館有幾分相似。

硬要說有什麼差異，就是沒有攜帶武器、裝備鎧甲的人，種族更加多樣。

——他在這裡肯定還是會穿成那樣。

不過，用顏料畫在整面灰泥牆上的圖畫，倒是頗有王都的氣氛。

——那是地母神嗎？

擁有翅膀、身材豐滿的美麗女神像。但不知為何，翅膀的部分用布遮住了。

——好奇怪喔。

「話說回來，沒想到會在這種地方遇見妳們。」

「我也是。那些孩子是有寫信跟我說要去王都看比賽。」

「得感謝『宿命』與『偶然』的骰子。」

「真的是。」

在牧牛妹被店內裝潢吸引的期間，櫃檯小姐和女商人聊得有說有笑。

她們本來都是貴族家的千金小姐，習慣這個地方的氣氛再正常不過。

穿著時尚制服的女侍前來點餐的時候，她們也用自然的態度應對，確實厲害。

哪像牧牛妹緊張兮兮的，不如說連菜單上是什麼樣的料理都不知道。

例如櫃檯小姐現在點的「Glires」。

疑惑與好奇。櫃檯小姐發現牧牛妹的表情，點了下頭。

「噢，那是把料塞進大山鼠裡面拿去烤的料理。」

「大山鼠……!?」

她不知道那種生物可以食用。

牧牛妹大吃一驚，櫃檯小姐呵呵輕笑，女商人指著菜單說：

「還有，蒸煮紅鶴舌也是人間美味。」

「紅鶴……？」

紅鶴是什麼？牧牛妹一頭霧水。聽起來像鳥類。

既然是吃舌頭，那種鳥肯定很大——牛舌都只有那麼小一塊了。

唔。馬人跑者哼了聲，指著菜單上蔬菜類的部分說：

「我要金葉(Silphium)沙拉。那東西能增加力氣。」

「不要吃太多喔？」

跑者高興地點餐，女商人在旁邊冷冷叮嚀。

「以前有跑者經常服用金葉當氣喘藥，導致藥檢沒通過。」

「畢竟它確實有增強體力的功效。聽說凡人服用還能當成愛情的特效藥。」

妳要不要也嘗一口？請妳別鬧了。女商人帶著複雜的表情，拒絕她的提議。

長頸鹿腿呢？今天沒進貨？這樣呀，真可惜。這是櫃檯小姐和女侍的對話。

牧牛妹聽著她們交談，一面凝視菜單。

看見駱駝瘤——那種長瘤的驢子竟然可以吃!?——這道菜，她眨眨眼睛，指向旁邊好奇的料理。

「這不是豬肉，是魚肉嗎？上面寫著香腸……」

獸人（王都也有獸人女侍！）女侍搖晃耳朵為她說明。

「噢，海豚嗎？海豚香腸，很美味喔。」

「那我點這個嘗嘗看。」

因為她平常沒什麼機會吃到魚，機會難得。

不曉得是什麼樣的魚，既然都來王都吃了，希望是罕見的魚。

「飲料呢？」

櫃檯小姐靦腆一笑，第一個回答。

「雖然才中午而已，我想點葡萄酒。」

「那我要——」女商人說。「蜂蜜酒。」

「哎呀，要喝那個嗎？」

「它被叫做鄉下人的酒，不過做生意的時候我試著接觸過，還滿好喝的。」

「將種不了葡萄的土地稱為鄉下，叫做傲慢。」馬人笑道。「那我也來一杯蜂蜜酒。」

記得蜂蜜酒是北方人釀的。

之前他帶回來當土產的酒壺，以緩慢的速度減少著。

舅舅不知為何不喝，因此主要由他們兩個偷偷喝掉。

——但我現在不想喝酒。

「有沒有偏甜的飲料？」

「那可以點薩帕（Sapa）或特夫圖姆（Defrutum）。一種是葡萄口味的糖漿，一種是水果口味，要哪一種呢？」

「那我要水果口味的……那個特夫圖姆。」

「好的。」

女侍優雅地鞠躬離去，牧牛妹總算能喘一口氣。

——是說……

「怎麼啦？」

「啊，沒事。」被那雙閃電之眼凝視，牧牛妹急忙擺手。

「剛才妳說了『勝利』，所以我在想妳是不是也會參加比賽。」

邊境小鎮也有馬人，數量卻不多。牧牛妹第一次在這麼近的距離看到。

更何況她在水之都，好像是數一數二的跑者。

肯定是因為這樣，才一直有人往這邊看。

可是對牧牛妹而言，她有種難以用言語形容的親切感。

或許是因為她的下半身是她非常熟悉的形狀。

「不，我是競跑者，不是競爭者。」

「什麼意思……？」

「我鍛鍊腳力是為了跑得更快，不是為了揮舞長槍。」

所以要獻給蠶人少女的，只是賽跑方面的勝利。

「因為她是追求跑速，經過數次配種才誕生的完美血統（純種馬）嘛。」

櫃檯小姐悄聲為她補充說明。

聽說馬人跑者會讓優秀的跑者互相交配，以生下腿力強健的小孩。

經她這麼一說，牧牛妹仔細觀察，確實，她也看得出來。

畢竟只要看到擁有閃電雙眸的跑者的腳，可謂一目了然。

細長、銳利、柔順的美麗線條，絕非用來搬運重物的。

纖細的——沒錯，牧牛妹看得出那是如同玻璃製品的存在。脆弱卻美麗。

「好想看妳跑步的樣子。」

「呵呵呵，深感榮幸。我答應妳，等我要在大競技場上奔跑的那一天，會招待妳觀賽。」

她想起他之前帶回來的蹄鐵。那好像是叫做銀星號的人的。

問她跟銀星號誰跑得比較快，未免太不識相。這點小事牧牛妹也明白。

但不能怪她總會不經意地瞥向桌子底下看她的腳。

馬人跑者將腳彎曲在腹部前後——那叫腹部嗎——席地而坐。

——如果有可以給各種種族坐的椅子就好了。

「欸，妳這樣坐不會不舒服嗎？」

「嗯？噢……」擁有閃電之眼的跑者稍微扭動身體。「……哎，一點點啦。」

「我記得以前也有馬人用的椅子……」

櫃檯小姐的視線迅速掃過店內，看起來有點困惑。

背上有對翅膀的鳥人，也在附靠背的椅子上坐得很不自在，還有不知道該把尾巴擺在哪裡的獸人。

「似乎是因為只讓獸人坐其他椅子，帶有歧視的意味，並不妥當。」

女商人看出她的疑惑，提供解答。

「每個人的身體構造都不一樣，明明很正常。最近要操心的事也太多了吧。」

「之後八成會有人說逼馬人賽跑太可憐。」

我們是喜歡跑步才跑的。跑者嗤之以鼻。

馬是一種性情不定的生物，馬人也有這一面嗎？

她毫不掩飾忿忿不平的態度，邋遢地撐著頰抱怨道：

「不要這樣做、不要那樣做、多考慮一點。最近的王都讓人喘不過氣啊。」

「水之都由大主教治理，空氣倒是十分清新。」

「那位大人知道人類的法律並不完美——這是我的同事說的。」

櫃檯小姐搬出同事，緩解現場的氣氛，女商人跟著開啟話題。

聊冒險、聊世界，如字面上的意思聊著天南地北。全是牧牛妹不熟悉的話題。

──可是，這說不定是個好主意？

給馬人坐的椅子。比起椅子，更接近靠墊吧。

能在我家製作，拿到外面賣嗎？感覺有困難。

她在沉思時跟馬人跑者四目相交。

「對了，」她的眼睛亮著光。「妳不買禮服嗎？」

「唉唷……」

牧牛妹搔著臉頰以掩飾羞恥及害臊，搖搖頭。

「那個，我不是很懂打扮……」

「那讓我幫妳挑幾件吧。」

「……可以嗎？」

「當然。」

她用力點頭，露出彷彿要牽著內向少女的手，颯爽奔向前方的笑容。

「在這個四方世界，沒有比大家一起享樂更重要的事！」

「總覺得……好悶喔。」

§

「是的……」
妖精弓手與女神官走在王都的大街上，面面相覷，點頭。
她們並沒有遇到什麼意外。也沒有跟上次一樣，發生鍊甲遭竊的事件。
兩位少女在受到比賽的氣氛影響，變得熱鬧不已的城市遊山玩水。
原本的目的——是採買用來當供品的鮮花或點心。
可是，暫且不提這個，現在是比賽——祭典期間。
沒道理不好好享受一番——即使不是妖精弓手，少女也明白。
攤販賣著烤蘋果、異國野獸的串燒等各種食物。
以及配合這場比賽挑選出知名騎士，編纂成書的武將名冊增訂版。
「機會難得，都來看比賽了，要不要買一本？」
「說得也是…………嗯，機會難得！」
「機會難得」是足以跟魔法師擁有真實力量的話語匹敵的咒文。
兩人買了一本做工粗糙的名冊，打開來翻閱，為紋章及騎士的來歷讚嘆出聲。

這個時代有許多經歷顯赫的騎士。在各地立下知名功績的騎士們，紛紛聚集於此處。

雖然不是那位古代的自由騎士，沒有君主、領地的騎士乃冒險者的類型之一。

不過——

——騎士呀。

女神官尊敬的前輩之一——女騎士，似乎沒有參賽。

是因為要準備鎧甲和馬匹，又要保養、管理，太累人了嗎？

就算有足夠的財力，過著冒險者生活之餘還要管這些事，也挺麻煩的。

女神官想像著自己帶著一匹馬前往小鬼巢穴的模樣，輕笑出聲。

一天到晚在外旅行的生活，不適合馬。

——跟馬人一起旅行，倒是滿愉快的……

總而言之，只是逛街閒聊的話，什麼事都不會發生。

事情的起因在於她們隨處亂逛時看到的其中一家攤販。

「哎呀……！欸，妳看這個！」

妖精弓手注意到的，是一頂羊毛織成的帽子。

她朝女神官招手，女神官快步走過去，欣賞攤位上的商品。

「哇，這是……頭盔嗎？」

擺滿攤位的——沒錯，是仿造古今東西的頭盔製作的帽子。

有鉢型頭盔，有附帶巨大盔飾的異國頭盔，也有有面罩的頭盔，款式五花八門。

看見北方風格的角盔，女神官忍不住微笑。那些人戴的頭盔確實有角。

就她這個經常踏進武器店的冒險者看來，還原度挺高的。

「嗯，畢竟是騎士大人們要參加的比賽。戴這種帽子為他們打氣也不錯吧？瞧。」

攤販的店長拿起頭盔形狀的帽子，上下移動面罩給兩人看。

「沒有小洞可以看到外面就是了。把面罩拉到嘴巴，整張臉都會暖起來。」

「哇……！」

總是提醒自己不可以亂花錢的女神官，看著看著心情也好了起來。

祭典、特別的日子就是這樣吧。

——地母神也只有勸人要節儉，沒有反對享受人生。

買一頂應該不會怎麼樣——

「啊……」

她邊想邊觀察帽子，視線突然停在一頂鐵盔造型的帽子上。

沒有什麼特徵，不過這個造型，對，好像在哪看過——

「感覺跟歐爾克博格的很像？」

「對不對？」

妖精弓手也發出銀鈴般的笑聲。

沒錯，「機會難得」。這頂帽子也買下來吧。兩人相視而笑，點了下頭。

「謝謝惠顧……！」

價值數枚銀幣的帽子。在寺院的時候完全買不起的東西，現在卻一不小心就買下來了。

——而且還是跟朋友一樣的！

光這點小事，就讓女神官興奮不已。

「機會難得，戴上去吧！」

「啊，嗯……」

然而，聽見這個提議，她還是有點難為情。

自己現在可是穿著地母神神官的服裝。只換帽子的話——

——好像，玩太瘋了一點……

她這麼覺得。雖然她滿想戴的。

「我……想把它留到比賽的時候再戴。」

「幹麼害羞。」

妖精弓手拋了個媚眼。自己的想法被她看穿了，女神官低頭望向手中的帽子。

——不對，「機會難得」……

要戴，還是不戴？在凡人為這點小事煩惱的期間，森人迅速採取行動。

她艱辛地將長耳塞進頭上的毛線帽，往下拉。

「好看嗎……!?」

然後兩眼發光，詢問女神官。

女神官用一本正經的語氣笑著回答：

「嗯，是個威風的森人騎士——脖子以上的部分。」

「因為鎧甲很重嘛。哼哼，我和歐爾克博格內在是不同的，內在！」

可惜耳朵有點不舒服。妖精弓手說著，愉悅地邁步而出。

再怎麼說，都不能拿這個當供品吧。那個人很嚴格的。

——啊啊，不過。

假如她也在場，肯定會為要不要戴帽子而跟她玩得不亦樂乎。

想到這種事不可能發生，內心便湧現一抹寂寥，但她又覺得自己能產生這樣的想像，值得高興——

「哎呀！妳用不著這樣……！」

突如其來的尖銳聲音，打斷女神官的思緒。

轉頭一看，一名板著臉的貴婦快步從前方的道路跑來。
搞不清楚狀況的女神官睜大眼睛，貴婦將手伸向妖精弓手的帽子。
「喂、喂，妳做什麼……!?」
「森人沒什麼好羞恥的！應該要光明正大露出耳朵，別藏起來！」
她語氣帶刺，簡直像在命令「給我把耳朵露出來」。
貴婦就這樣抓向妖精弓手的帽子，女神官急忙大叫。
「請、請住手……！有什麼問題嗎？她不是想藏住耳——」
「是妳對吧！」
貴婦立刻狠狠瞪向她，視線毫不客氣地落在女神官的服裝上。
女神官反射性屏住氣息，不是因為害怕。
那雙大眼自不用說，她有過好幾次被可怕怪物盯著看的經歷。
純粹是因為——
「身為地母神的信徒，竟然放任這種事發生，成何體統！」
——她在氣什麼……？
女神官無法理解，沒能馬上回話。
貴婦對當場愣住的女神官破口大罵後——
「我要去跟地母神寺院抗議！」

扔下這句話，喘著粗氣擠開大街上的人潮走掉了。

說什麼抗議——她連貴婦在氣什麼都搞不清楚，滿腦子問號。

「什、什麼情況……？」

「誰知道？遇到那麼生氣的人……」

妖精弓手深深嘆息，與女神官對視。

「總覺得……好悶喔。」

「是的……」

事情就是這樣。

雀躍的心情煙消雲散，現在她們根本沒有戴帽子的閒情逸致。

妖精弓手也下意識脫下差點被抓掉的帽子，用手指梳理頭髮。

「……要去祭拜嗎？」

「嗯……」

前幾年來的時候，她記住了通往墓地的路線，所以沒有迷路。

兩人在途中買了一朵花，三個炸點心（恩奇圖斯）。

用漏斗將起司跟小麥揉成的麵糰做成漩渦型，拿去油炸的點心。

淋上大量蜂蜜和罌粟籽調味的甜點香氣撲鼻，看起來十分美味。

「女生用這種甜點當供品比較好吧？」

「是的……雖然我們沒什麼機會一起吃甜點。」
「希望她不要討厭吃甜食。」
——怎麼回事？
是因為剛才那場騷動嗎？不知為何，女神官心神不寧。心情愈來愈低落。
為什麼呢——後頸在隱隱作痛。
接著——
「咦……？」
兩人在墓地也看到了異樣的景象，忍不住停下腳步。
整齊排列的墓碑後面，本來應該會看到一排眾神的雕像。
地母神、知識神、至高神、交易神、戰女神。最受到崇拜的五柱神明。
以及分別掌管「生」與「死」的兩柱偉大神明。
然而，每尊神像都用黑布遮住，彷彿要掩蓋眾神的身姿。
「……怎麼怪怪的？啊，欸，等一下！」
妖精弓手無視困惑地杵在原地的女神官，迅速行動。
她晃動長耳，衝向附近來祭拜的人，開門見山地問：
「為什麼這些神像被蓋住了？」
「噢，那是因為……大賽會吸引來許多觀眾對吧？」

駝背的老嫗摸著上頭刻了劍的墓碑輕聲說道。恐怕是士兵的墓。

語氣中參雜怨恨及鄉愁，至少沒有半分喜悅。

「有人信奉的是其他神明，上頭下令要顧慮那些人的感受。」

「我沒有信奉神明……不過這裡有神像，我也不會不舒服呀。」

「有意見的人聲音比較大囉。」

可悲啊。老嫗緩緩搖頭，然後慢步離開墓地。

女神官朝她的背影鞠躬，對她祭拜的墓碑也行了一禮。

刻在劍旁邊的是槌子。鍛冶神的證明。過著充實生活，試圖解開鋼鐵謎團的人。

「真奇怪。」

妖精弓手不悅地哼了聲，聳聳肩膀。

「剛才那個人也好，墳墓也罷，雖然那個理由聽起來或許滿正當的。」

「……我也不懂。」

女神官吐出虛弱的呢喃。她覺得空氣混濁——甚至令人窒息。

後頸又燙又疼。有種灰燼瀰漫空中的塵埃味。

她將空氣吸滿平坦的胸部，吐出。沒有咳嗽。

——這是哥布林殺手先生說的……

有小鬼出沒的城市的氣息嗎？混沌的氣息。邪惡的，某種事件的徵兆。

——難得的比賽。

會發生那種事嗎？女神官找不出答案。

若是以前的……最初的夥伴，那個聰明敏銳的她，會知道答案嗎？

「咦？」

女神官低頭注視那位朋友沉眠的墓地，驚訝地眨眼。

那裡已經放了——不曉得是誰準備的——一朵花。

§

「咦!?圃人部門沒了嗎!?」

圃人少女劍士尖聲大叫，少年魔法師忍住，只有皺起眉頭。

王都的競技場（Colosseum）。其面積之巨大，用不著拿圃人比也看得出來。

多達八十座的圓形拱門，在鬥技場周圍繞了一圈。

高度一百六十英尺（約四十八公尺），威武如巨人。

然而，這座競技場能用巨人來譬喻的原因，並不在於面積。

而是因為外圍以前蓋了巨人（Colossus）的雕像——

少年在圃人少女的要求下，與她分享王都的知識。

因為每座拱鬥都在為要參加比賽的選手辦理登記手續。

隊伍長得誇張，等待的時候要一直被問「那是什麼？」有點累人。

然而，總比其他人一直注視載著東拼西湊的鎧甲的驢馬，以及牽著牝的圃人來得好。

所以他才乖乖回答她的問題，好不容易輪到他們登記——結果卻是這樣。

「對，是上頭的命令……」

接待兩人的鬥技場員工（腰間配著木劍。是曾經奪得勝利的前鬥士）也一臉為難。

「那我不能參加比賽囉……!?」

「不，這次的比賽沒有分部門，也就是……『無差別』的意思。」

「無差別？」

「啊——」少年魔法師插嘴問道。「凡人和圃人分在一起嗎？」

「森人、礦人、獸人，其他種族也全是同一區。」

「搞什麼鬼，莫名其妙……」

對不對？圃人少女和少年面面相覷，頭上浮現問號。

不過，嗯，能登記參賽就好。反正從結果來看，沒有任何問題。

兩人達成共識，將手伸向登記用的名冊。

少年魔法師判斷與其讓圃人少女寫字，還是由自己來比較好，拿起筆——

「哎呀呀，學徒魔法師見識竟如此淺薄，看來你還有得學。」

金屬手甲倏地從旁伸出，制止了他。

「啊？」紅髮少年轉頭瞪過去，看見一名高大的美男子。

身穿閃亮白色甲冑——這裡可是大街上耶？又不是那傢伙——的騎士。

由甲冑上的天秤劍紋章推測，大概是至高神的聖堂騎士之流。

「圃人又不是不會寫字。來吧，小姐，寫下妳的名字。」

「呃，我——」

字很醜。圃人少女支支吾吾地說，看著遞到面前的筆，低下頭。

在眾目睽睽之下，俊美的騎士懷著善意這樣建議她。

難以拒絕，她偷瞄著少年，提心吊膽地在名冊上寫下名字。

在一整排騎士的名字中，潦草的字跡顯得格外引人注目，令她感到羞愧。

「你聽好。對其他種族有先入為主的觀念，叫歧視。這是不該存在的。意即……」

然而，騎士好像很滿意圃人少女是親自簽名的。

他抱著胳膊點了下頭。來自高大身軀的視線，彷彿在鄙視少年魔法師。

「我們同樣是祈禱者，不分優劣，不以種族區分。應該要站在同一個賽場上。」

「喔……」

「你要一視同仁。若想創造和平的世界，沒人受到虐待、眾人都心地善良的世界，平等是必要的。」

你在說什麼啊？少年魔法師將差點脫口而出的話吞了回去。

這裡不是賢者學院，也不是那個可惡老圃人的草屋。

眼前這男人不是賢人，也不是那個該死的老師，簡單地說，這並非辯論。

——不對，就算是辯論……

這男人根本不打算聽人說話，哪稱得上議論。

少年向過去的自己學習，理解了這點小事。

「小姐，妳也是。用不著勉強使用凡人的劍。別害羞，去用圃人用的劍吧。」

「啥？」

可是，圃人少女不同。騎士的視線落在她攜帶的大劍上。

她勃然大怒，決定非砍了這男人才能一吐怨氣。

圃人不懂政治，圃人是村莊的牧人——抽菸、耕田，一路走來。

不過成為冒險者的圃人少女，對於輕蔑侮辱比其他人更加敏感。

那是從深山之下（Deep Under Mountain）回來的祖父的教誨之一。

不管對方是瘋狂的大魔導士，還是會吃靈魂的死靈術師，都不重要。

——有人對妳無禮（看不起妳）就殺了。那就是所謂的冒險者。

少女瞇細雙眼。眼中亮起寒光。右手一閃，伸向劍柄——

「我明白您的意思了。小弟才疏學淺，今後也會繼續努力精進！」

少年魔法師的手掌按在她手上，搶在少女前面開口。

她可以說被潑了桶冷水。少年站在她面前，將嬌小的身軀擠到背後。

「我們還有手續要辦，後面也有人在排隊，今天先告辭了。」

「噢，說得也是。嗯，好好加油吧，少年。那麼，失陪了！」

白甲冑騎士不曉得在感慨什麼，發出「喀喀喀」的腳步聲轉身離去。

圃人少女如同七竅生煙的野獸（Frumious）低吼著，怒視颯爽離去的背影。

下一刻，她像要反手揮刀似地抬頭瞪向少年魔法師，怒吼道：

「幹麼阻止我……！」

「要是妳現在動手，會搞得我們跟壞人一樣……」

「有什麼關係！那傢伙看不起我！笑我一個圃人用什麼大劍！」

圃人少女將跟身材比起來相對豐滿的胸部，壓在少年身上。

——現在不是管這個的時候……！

他努力不去注意那柔軟的觸感及重量，絞盡腦汁思考該說些什麼。

萬一她一不小心拔刀傷到人，會釀成大騷動的。

「那傢伙也是騎士的話，八成會參加這場比賽。要打就在賽場上打啦。」

「他會參賽嗎!?」

最後他用的方式僅僅是轉移目標，而非說服。

圃人少女晃著綁在腦後的馬尾回過頭，鬥技場員工被她的氣勢震懾住，用力點頭。

「嗯、嗯……那個人是在王都有點地位的騎士……」

「他的名字寫在上面對吧！讓我看看……！」

——這傢伙真的厲害，竟然能讓經驗豐富的劍鬥士嚇到。

少年再次佩服搭檔的膽量之大，從她身後窺探名冊。

員工用晒黑的手指，指著跟武將名冊一樣列成一大排的騎士貴族之一。

「這傢伙嗎……」

「不只比賽……他對這座鬥技場也給了許多諫言。」

看到少女狠狠瞪著那個名字，彷彿把他當成殺父仇人，少年嘆了口氣，員工也不耐煩地碎碎念。

「以前才不會這樣。劍鬥士也會根據戰鬥方式，分成不同的部門……」

最近卻變得綁手綁腳的。

明明沒人有那個意思，一旦被人說那樣做是錯的、那樣做是歧視，誰還有辦法反抗？

員工無奈地嘆氣，少年低聲說道「我對你表示同情」。員工露出無精打采的笑容。

「那麼，這位小姐要參加哪種競技？」

「那個。」

少年舉起拿著法杖的手，從掛在員工身後的數面盾牌中指出兩面。

盾牌上的圖案是馬上槍術，以及兩把交叉的劍。有兩種。

「收到，祝妳旗開得勝。」

「謝啦。」

員工對後面的參賽者叫道：「請提交文件（Paper Please）。」

少年側目看著那邊，用手掌拍打圃人少女的腦袋。

「好了，走吧。登記完了，我不想再鬧出更多事情。」

「……嗯。」

圃人劍士只應了一聲，牽起站在原地發呆的驢子的韁繩，小步離去。

旁邊的少年魔法師則看著王都的喧囂、人潮，心不在焉地對她說：

「別放在心上……如果我這樣說，妳會不放在心上嗎？」

「怎麼可能。」

「我想也是。」

少年魔法師感慨地點頭。

今天早上，在前往鬥技場前去祭拜姊姊時，他也這樣想過。

假如——只是假如。

假如這一刻，那些笑過姊姊死法的人通通出來跟他道歉，他會怎麼做。

本以為能稍微抒發怒氣，結果並沒有。

那些傢伙可能覺得道了歉事情就告一段落，但他不可能這樣就服氣。

非得揍扁他們，敲破他們的腦袋，他才會覺得那些人學到教訓了。

而——這種事絕對不可能發生。

首先，這麼做會被姊姊罵，那個可惡的老圃人也會嘲笑他吧。

因為一旦訴諸暴力，對方立刻就會變成被害者，自己則是加害者。虧大了。

——可是。

少年魔法師忽然聽見熟悉的聲音，繃緊身子。

是錯覺。或是幻聽。是這樣認為的大腦擅自產生錯覺。

他一面告訴自己，一面環視周遭，路上有幾個身穿賢者學院長袍的人。

很正常。這裡是王都，現在是比賽開始前。每個人都會來。他認識的人，以及不認識的人。

他下意識加快腳步，跟他們拉開距離，重新對自己咕噥道。

「……再火大也只能嚥下這口氣。」

「我不能接受……！」

「我想也是。」

少年魔法師再次感慨地說，望向路旁的店家、攤位。

圃人一天要吃五、六餐。隨便買個點心吧。

——這種時候。

最好趕快做其他事，轉移注意力。

凡人的大腦構造很簡單，沒辦法氣那麼久。圃人應該也一樣。

不過，為什麼呢。

街景——世界彷彿蒙上一層霧濛濛的灰色。

仔細一想，剛才那男人的鎧甲也是。明明是白色，卻散發灰的氣息。

將一切淹沒的灰色人群。這樣的畫面浮現腦海。

無聊至極，燃燒殆盡的——灰。

「話說回來。」

思及此，圃人少女從正下方抬頭看著他。

「那個人如果遇到馬人或巨人參加，會怎麼辦……？」

馬上槍術比賽的話，馬人不會落馬，巨人則是體格差異太大，連技術都不用比。

這樣對其他種族太不利了──因此獲勝的巨人和馬人，也不會高興吧。還是說他們會高興？少女看起來一點概念都沒有。

「那還用說。」

少年魔法師嗤之以鼻，不屑地說。

「這次他會在那邊叫不公平。」

§

於是，在王都的一天一轉眼就過了。

女神官和妖精弓手，看起來在王都逛得很開心。

青梅竹馬似乎跟櫃檯小姐一起去吃飯購物。

礦人道士及蜥蜴僧侶，帶他到一家店享用沒看過的酒和餐點。

──至於自己。

不過，任憑時間流逝，突然自由一人的時候。

他發現自己依舊搞不懂所謂的假期該如何度過。

不——

旅館外。不習慣的酒精的熱度好像悶在鐵盔裡面，感覺不太到清涼的夜風。

街上閃耀著橙色的燈光，行人的交談聲及熱鬧的氣氛迎面湧上。

明天就是大賽的舉辦日。

前夕的街道上，騎士們互相稱讚，議論著誰會獲勝，儼然是場盛大的宴會。

旅館裡也同樣熱鬧。

妖精弓手牽著女神官和青梅竹馬、櫃檯小姐的手，跑去一樓的酒館。

蜥蜴僧侶跟礦人道士八成也一樣。有那兩個人在，就不用擔心女孩子遇到危險。

他避開了那塊區域。他不擅長喧鬧。

看大家鬧成一團，聽他們聊天，倒是挺喜歡的。

儘管如此，現在的他仍在凝視王都晚上的街景。

——不對，不懂如何休假……不是一天兩天的事。

從什麼時候開始的？說不定是更久之前。

至少受邀擔任迷宮探險競技的監督時，他已經有這個想法。

那麼，契機是去沙漠的時候嗎？

不管怎麼樣……結論只有一個。

——除了剿滅哥布林，什麼都沒有。

去過東方的沙漠。也去了北方的冰海旅行。還在草原認識了馬人。

全是刺激的冒險，他是這麼想的。然而——他不覺得這樣就夠了。

現在也一樣。

僅僅是被扔進王都，看著祭典。

自己並不在其中。

他沒有不安，也沒有不滿。只是發現自己不在那個圈子裡——

「在醒酒嗎？」

因此，忽然有人跟他搭話，他感到些許困惑。

站在旅館門口，看著熱鬧祭典發呆的男人，又有誰會跟他搭話？

鐵盔僵硬地轉向旁邊。站在那裡的是櫃檯小姐。臉頰泛紅。

「對。」

哥布林殺手想不到其他答案。

「我認為是。」

「這樣呀。」

「嗯。」

櫃檯小姐輕笑著走到他旁邊，不知道在笑什麼。

然後不顧形象地在路邊坐下。

不是淑女該有的行為。也不是公會職員、貴族千金該做的事。

哥布林殺手在夜晚的街景中，尋找要說的話語。

「……妳家。」

沒錯。記得是在這。

哥布林殺手好不容易從自認不怎麼靈活的腦袋，拽出了記憶。

「不回去，打聲招呼嗎？」

「哎呀，您要跟我家人打招呼嗎？」

櫃檯小姐眼中閃過淘氣的光芒，在他回答前就輕聲說道「開玩笑的」。

「嗯……我只是覺得不用吧。」

「……是嗎？」

「是的，也不是說和家人關係不好，但回去的話，八成會被訓一頓。」

哥布林殺手沒什麼感想，僅僅是覺得「是這樣嗎」。

他只有十年跟家人相處的經驗，對此再無更多的瞭解。

櫃檯小姐卻顯得有點難為情。似乎是認為這樣很奢侈。

「那個，」櫃檯小姐說。「要不要去散散步？」

哥布林殺手沒有理由拒絕。

——不……

他加以更正。只是自己沒有罷了。

「不介意對象是我的話。」

「就是因為不介意，才會邀請您。」

櫃檯小姐微微鼓起臉頰。

哥布林殺手見狀，只擠得出一句「是嗎」。

櫃檯小姐看似很滿意他的回答，抬起修長的雙腿站起身。

走吧。她朝著夜色微笑。

學院的學生點亮的街燈，散發魔法的光芒，將櫃檯小姐的臉孔照成淡藍色。

走在她旁邊的這頂廉價鐵盔，肯定也被街燈照亮著。

——跟別人走在一起。

陌生的街景。一輩子都沒想過會來的地方。

但他已經是第二次來到王都。

真奇妙。姊姊比自己更適合這個地方。

他覺得自己在這裡很奇怪。

可是——與此同時，他心想。

「沒什麼人在看。」

「因為這座城市很大。」

而且，現在是祭典期間嘛？

對櫃檯小姐來說，這就是一切的理由。

即使盛裝打扮的千金小姐旁邊，站的是身穿骯髒鎧甲的小鬼殺手——

——不成問題。

他心想，真的是這樣嗎？

「……」

「——……」

「…………嘿。」

「唔……」

出乎意料。

櫃檯小姐撲過來，或者說衝過來，抱住他的手臂。

被骯髒金屬包覆的手臂，陷進被乾淨襯衫包覆的胸膛。

觸感及溫度都傳達不過來。只感覺得到重量。

比平常綁在手上的盾牌更有重量的物體。絕對不能粗魯對待的重量。

——會髒掉。

唯有近似焦急的心情，存在於胸中。

「很髒。」他咕噥道。「會髒掉。」

「我不介意。」

櫃檯小姐抱著那隻鎧甲手臂，面向前方，得意地笑了。

「您以為我認識您多久了？」

「……是嗎？」

「就是！」

——啊啊，這個人，真的是。

或許不如他那位青梅竹馬，但自己也看著他好幾年了。

有不懂的事，有察覺不到的事，不過，也有許多這種仔細一看就會明白的事。

他成為了銀等級，實力堅強的一流冒險者。

那有多麼厲害、偉大、受人肯定——

——他知不知道呢？

八成不知道。而且，她也不是因為這樣才喜歡上這個人。

我要擅自得到幸福。

這個人要怎麼評價自己，她無從改變。

可是，這份心意是屬於我的，是我花了好幾年栽培的，是我的人生。

跟其他人沒有半點關係——連他都包含在內。

我要擅自得到幸福。沒必要讓誰為我做什麼。

所以，嗯。只不過是戀愛而已。這點小事——

「……這點小事，沒關係吧？」

「妳不介意的話……」

哥布林手心想，多麼無聊、枯燥乏味的言詞啊。

竟然只講得出這種話回答她，他對於自己空泛的內在深惡痛覺。

這麼多年來，她一直真心誠意地照顧自己、幫助自己，他卻只能給予這樣的回應。

「……那就好。」

「是！」

就這樣，兩人在王都熱鬧的街道上逛了一陣子。

沒有特別做什麼，閒聊天、逛攤販、看人群，回旅館。

就只是——平凡無奇的一晚。

間章『要死的是那些傢伙』

Goblin Slayer
He does not let anyone roll the dice.

「唉，陛下，您到底在想什麼！」

手掌拍在圓桌上的聲音，令前來參加御前會議的成員板起臉心想「又來了」。

身為負責籌辦比賽獻給偉大眾神的神官，不該露出這種表情。

放聲吶喊的，是脖子上掛著至高神聖印的俊美聖堂騎士。

針對比賽的相關事務高談闊論的這名年輕人，並不是一開始就招人反感。

胸懷理想、精力旺盛的年輕騎士，反而該熱烈歡迎。

若他想跨越苦難及障礙，提供協助也未嘗不可。

然而。

「居然叫我們對來自地下帝國的訪客用『看破（Sense Lie）』偵測敵意，這是對闇人（Dark Elf）的歧視！」

——這是第幾次了？

不是問他在目前開過的會議上發難的次數。當然這也是有的。可是，光今天已經是第五次了。

各神殿的代表——做為代理人出席的神官們的耐心並非無限。

會議毫無進度，年輕國王臉上沒有一絲疲態，開口說道：

「……我的意思是地下帝國的密探很危險，不是在說闇人是邪惡之徒。」

「請不要顧左右而言他！」

——顧左右而言他的人是你吧……

不知為何被選為地母神寺院代表的王妹，忍著哈欠心想。

多少受過教育的人，都知道闇人不是邪惡的種族。

自從傳說中的闇人獵兵(Ranger)開闢出一條先路後，善良的闇人便經常出現在四方世界。

可是，闇人地下帝國的威脅又是另一回事。

他們至今仍在虎視眈眈地磨著利牙，找機會刺進秩序的領域。

有威脅的是地下帝國，不是闇人。連小孩都懂。

「可是……照卿的說法，聽起來像在叫我別讓闇人參賽？」

「因為以闇人目前的處境來說，這樣跟押著犯人遊街示眾無異。允許他們參賽太失禮了！」

——你的言行互相矛盾耶……

王妹心不在焉地想，沒能忍住哈欠，發出「呼啊」的聲音。

——聽說闇人跟森人(Elf)一樣，非常漂亮……

不知道該說幸運還是不幸，王妹還沒遇過闇人。也有很多事只在故事書上看過。

彷彿從夜色中抽離出來的膚色，以及讓人聯想到肉食野獸，柔軟又肌肉結實的身體。

之前那場她不太願意想起的騷動，讓王妹交到上古森人的朋友。

闇人的美貌，據說跟那有如可愛妖精的行為舉止似是而非。

——啊，不過。

舉辦迷宮探險競技時，她去視察過的邊境小鎮，好像還有跟女豹一樣強壯的女森人。

王妹記得，她有瞥到那名女森人在跟女性魔法師激動地討論什麼。

到頭來就是這樣。

種族什麼的，頂多只會影響出生時的能力(Status)。

她十分贊同闇人並不邪惡，還覺得那是很棒的種族。

——但這樣下去，這個人可能連闇人邪惡的地下帝國的存在都會否定……

闇人不邪惡，所以邪惡的地下帝國也不可能存在——就像這樣。

不管偉大的凡人要怎麼扭曲闇人的歷史，闇人應該都不會在乎就是了。
血脈從神話時代相傳到現在的不死種族，跟壽命有限的凡人差異實在太大。
「我們必須跟闇人也友好相處。請您理解！」
「關於這一點，我不打算否定你。」
……然而，年輕聖騎士一有意見就會像這樣大聲抗議。
高舉正義的旗幟，說這是錯誤的，必須加以改正。
同樣的說詞聽了好幾次，自然會不耐煩。
一直默默聽著，也讓她開始覺得無聊。
不如說，她覺得這樣下去八成不會有結論——因此。
「……那個。」
王妹下定決心，滑進空有議論之名的抨擊中。
聖騎士炯炯有神的雙眼、視線朝向這邊，王妹「唔」了聲屏住氣息。
可是，不能默不作聲。
——又不可怕。
至少跟那座「死亡迷宮」裡面的小鬼和邊境小鎮地下的肉塊比起來，並不可怕。
雖然把他跟那些東西相提並論挺失禮的！

「今天，我代表各神殿，有件事想請教您。」

我就問你。她發出可愛微弱的聲音清了下嗓子，鼓起勇氣開口。

「為何要派人蓋住地母神神像的翅膀……？」

「那是我們的神明，不是鳥人的神明。有翅膀對鳥人很失禮。」

「咦咦……？」

她忍不住脫口而出。

——呃，之前有人抱怨過這種事嗎……？

好吧，搞不好有人有意見。

但信奉地母神的鳥人也很多。

再說，他說的「我們」應該是指凡人吧，地母神又不是專屬於凡人的神明。

王妹覺得自己頭上有一堆問號在亂飛。

「要說失禮，把翅膀遮住或塗掉更失禮吧……？」

「那麼，我可以當成地母神寺院完全不打算顧慮鳥人的感受囉？」

「不，不可以。」

不如說我又沒有那個意思。

王妹將差點說出口的話吞回去。

看來聖騎士自我感覺良好地將她的回應理解成贊同自己的主張了。

他得意洋洋，像在演講般舉起手臂，語氣高亢地接著說：

「神殿的人太粗心了。竟然要在開幕典禮上穿著淫亂的服裝跳舞！」

「竟敢說我等信奉的神明的戰衣淫亂……!!」

不敢相信。

半森人少女——戰女神的神官發出如同悲鳴的聲音。

輕薄絹絲下穿著形似內衣的鎧甲，推測是戰女神神殿長的代理人。

聽說她以前——還是現在也是？——是冒險者，在外面待命的衛兵中，應該也有她的同伴。

總之，從聖騎士的視線下逃離的王妹吐出一大口氣，靠到椅背上。

汗水滑落，她極度——沒錯，極度疲憊。

「各位沒有考慮到女性的心情。再說，那不是劍奴的服裝嗎？是野蠻的象徵。」

「即使是奴隸，依然能跨越重重難關，抵達神的境界！這是那個理念的證明！」

這段期間，至高神的——真的嗎？王妹無法相信——聖騎士仍在自說自話。

「有那麼多讚頌奴隸的故事，本身就是個大問題。例如北方蠻族的國王——」

——啊，好險那孩子不在場。

王妹反射性心想。

因為她前幾天收到朋友寄來的信，內容就對北方的戰士們讚不絕口。

「殺人、犯罪、擴張領土，最後當上國王的敘事詩。應該要排除這種低級的故事。」

「蠢話連篇。」

嘆著氣懶洋洋地開口的——是從知識神神殿派來的少女代理人。

「你把那位英雄的故事，看成在讚頌殺戮及凌辱嗎？」

「可能帶給人這種觀念的東西，不該廣為流傳——」

「說起來，那位英雄的出身是信奉嗜虐之神與鍛冶神的地區。對暴力的認知與我們不同。」

一隻白色動物在看起來冷靜沉著的她腳邊忽隱忽現。

與王妹視線交會的那隻奇妙小動物，靈活地閉起一隻眼，用前腳按住嘴。

——不會啦，我不會說出去。

這位聖騎士感覺又會在那邊大叫，所以我不會說的。嗯。

「話雖如此，那個地方如今已是我國的友邦。必須修正他們的觀念。」

「限制知識、文化，對歷史下定論。我無法想像閣下是多麼偉大的人。」

這人沒救了。受到知識神寵愛的少女搖搖頭，王妹點點頭。

哎呀，她真的打從心底贊同這句話。

「我也可以發表一些意見嗎？」

默默聽著這段對話的交易神神官的座位，傳來清澈的聲音。
美麗如冰的銀髮女子對國王使了個眼色，緩緩舉起手。
「嗯，我想說的話多不勝數，首先——」
王妹看出國王揚起嘴角，點了下頭。
——哥哥認識的人？
是嗎？
這名女子非常美麗，王妹卻對她的長相沒印象。
女子給人的印象薄弱，彷彿會如一陣風般驟然出現，又驟然消失。
「聽說您認為應該要禁止讓獸人擔任侍者，不該把他們當成動物看？」
「這還用說。」
年輕聖騎士激動地點頭，語氣坦蕩。
「看看賭場，竟然叫員工扮成兔人。根本是壓榨！」
「許多人是自願穿成那樣的。熱鬧又能促進消費。我也很喜歡。」
聖騎士的眼神轉為輕蔑，她卻泰然自若，始終面帶笑容。
「那麼，因此失業的獸人怎麼辦？」
「自由找喜歡的工作做就行！那才叫自由！」
「看來閣下認為金錢和工作跟雲霞一樣，會憑空冒出來。」

這句話語帶嘲諷。

「連風的形成都有原因呢。」

交易神聖女無視講不出話的聖騎士，優雅地坐回椅子上。

她伸手示意他「請繼續發表您的高見？」至高神聖騎士焦慮地呻吟著。

換成王妹，應該什麼話都講不出來——

「歸根究柢，有種族……有種族之分就夠奇怪了。大家都是人類，應該要把每個人視為凡人——」

——啊，他還要說啊。

「看這情況，他等等可能會說我的後繼者也該由女性擔任。」

「……哇。」

低沉性感的嗓音突然從背後傳來，害王妹嚇得叫出聲。

她瞄向椅背後方，一名男子跟影子一樣站在那裡。

他穿著貼身得驚人的黑色晚禮服，面貌精悍。

說他是管家她都會信，可是這名俊俏男子裝模作樣的態度，存在感太過強烈了。

對於他的職責略知一二的王妹都傻眼了——

「……找那麼帥的人，不是會很引人注目嗎？」

「因為他能力優秀。」

站在哥哥，也就是國王背後的銀髮少女，用銳利的眼神瞪著這邊。

彷彿在叫他不准對陛下的妹妹出手。

她的表情當然沒有變化，只不過連王妹有時都看得出一些訊息。

「噢，老大生氣了，虧我剛從水之都快馬加鞭趕回來。」

「辛苦了。」

「工作時別打瞌睡喲。」

肯定是剛完成一件能寫成一齣戲的重要任務。

俊俏男子以沒有任何人察覺得到的動作——交易神聖女發現了嗎？——邁步而出。

想必是要去跟哥哥報告之類的。

每次見面都會變成不同樣貌的男子是何許人物，想都不用想。

「……呼啊……」

王妹終於決定放任不知道是第幾個的哈欠脫口而出。

她疲憊不堪、身體沉重、思緒遲鈍。彷彿有一股熱流從體內竄出，又迅速冷卻下來。

——好累喔。

嗯，當然累。

要一直聽這麼無意義的對話，會累很正常。

因此，王妹將壓在身上的倦怠感歸咎於此，拋到腦後。

漫無止境的會議——還要多久才會結束？她無法推測。

她只是覺得，有股強烈的——灰的氣味。

第2章『大家是這麼叫我的』

充斥熱氣，正是在形容這種場合。

高聳的觀眾席將擂臺圍成圓形，上面設置了遮陽用的帳篷，數量約九萬。

配置座位時經過縝密的計算及設計，從任何角度都不會漏看精采的戰鬥。

所以無論分到哪一個座位，觀眾都不會不滿。

反而會為幸運買到入場券（Tessera）一事感謝交易神吧。

八十座圓形拱門中，有七十六座是提供給觀眾的。

入場券上寫著一到七十六的號碼，觀眾要由指定的拱門入場。

上面還寫著座位的排數及編號，這樣就能順利找到自己的位子，不會迷路。

坐在自備的墊子上，跟在縫隙間穿梭的小販購買食物及飲料，迫不及待地等待比賽開始。

他們關注的擂臺，是用白沙鋪得整整齊齊的圓形決鬥場。

劍鬥士們每天都會在這裡交鋒，展開數不清的激戰。

全是獻給遙遠的過去，在這塊土地奮戰過的戰女神的供品。

雖然不知為何，最近對戰女神神像的批評愈來愈多……

唯有今天不同。戰女神神像光明正大佇立於此，俯瞰著鬥技場。

喔喔，偉大的戰女神啊，懇請明鑒！

然而，該注目的不只競技場的外觀。

因為這個擂臺放滿了水，船隻漂浮在水面，甚至可以打水戰。

曾經有人說過，要是在地底增設走道、休息室和升降機，就不能再舉辦模擬海戰。

可是，天知道礦人(Dwarf)如同字面上的意義滴水不漏的施工技術，該有多麼精湛！

他們憑藉神乎其技的技術堆砌石頭，讓所有的構造維持原狀，順利改建完畢。

既然戰女神崇尚的是勇於挑戰難關及不可能之事的氣魄，他們也有資格被譽為勇士吧。

此時此刻，也有一名——目標成為勇士的少女，站在地下通道。

「哇、哇……我、我開始緊張了……！」

瑟瑟發抖的她，是身穿拼湊而成的鎧甲，騎在驢子上的圃人(Rhea)少女。

這身裝備與嬌小的身軀形成反差，手上的競技用騎兵槍巨大到顯得可笑。

可是，就算考慮到那是比較輕的易碎木槍，少女拿著它的時候看起來還是很輕鬆。

「妳應該不是怕了吧?」

少年拉住驢子的韁繩,瞥了夥伴的臉一眼。

她戴著鋪棉的露眼帽,上面還加上一頂鐵盔,面罩沒有放下,大概是嫌悶。

她像在忍受什麼似的,露出來的臉咬緊牙關,瞳孔左右晃動。

「是、是沒有……不、不過,身體在發抖……!」

「那真是個好徵兆。」

沒記錯的話——少年收回後半句話,手掌輕拍她的大腿。

要不是因為她穿著鎧甲,他可不敢這麼做。或者說,要不是因為現在是這種狀況。

他實在不習慣跟同年代——但他們其實差滿多歲的——的少女一起起床。

跟姊姊截然不同。

「頭腦和身體有時會分開來擅自行動。妳的身體已經進入備戰狀態了。」

「真、真的嗎……?」

聽見他從其他人那裡學來的知識,圃人少女無助地望向他。

大概是面對這麼重要的場合,她感到不安了——身體在發抖僅僅是起因。

少年沒有將浮現腦海的亂七八糟理論說出口,而是吞了回去。

經過這幾年來的鑽研,他學到現在需要的不是講道理。

「簡單地說就是暖身操。妳稍微動一下身體。」
「是喔……嗯！」
少女乖乖聽從他的建議，在馬鞍上轉動手腕，搖晃身體。
一陣喀嚓喀嚓的金屬聲傳來，她再度擔心地看著他。
「怎麼辦？我的手，好像有點抬不起來？」
「不會影響到馬上槍術。」
因此，少年魔法師一口斬斷她的不安。
不安是語言，也就是咒文。即使不是具有真實力量的話語，語言還是有力量的。
「在劍術比賽前調整好就沒問題。」
「知、知道了……！」
再過不久——前一場戰鬥就會結束吧。
走道盡頭，從透出光芒的擂臺的方向，傳來盛大的歡呼聲。
少年感覺到圃人少女在深呼吸。他輕拍她的背。
嗯。她點頭。持槍的手抬起來，放下頭盔的面罩。
「來，請上場。輪到您了。」
穿著只遮住重要部位的鎧甲，肌膚直接暴露在外的女子看準時機呼喚她。

是戰女神的神官。只用鎧甲護住要害，其他部位自己就能守好的偉大戰士們。

「祝您武運昌隆！」

「嗯，謝謝……！」

圃人少女做好覺悟回答，「喀嚓」一聲扣好頭盔，吐氣。

「上吧！」

「好。」

少年魔法師回答，牽著韁繩讓驢子走向前。騎士隨著蹄聲前進。

愈接近擂臺，光芒就愈來愈大，愈來愈耀眼，最後，眼前染成一片白色——

「哇……!?」

震耳欲聾的歡呼宛如從天而降的豪雨，砸在少女的全身上。

然而，那絕非對她的歡迎。

觀眾的聲音僅僅針對比賽。

沒想到是這麼矮的小丫頭，未免太掃興了。

八成會直接被打飛，若她幸運逃過一劫，希望可以撐久一點。

是這種——輕視圃人少女的一切，無情的冷漠心態帶來的狂熱。

「唔、啊……」

少女咬緊牙關，控制牙齒不要打顫。

然而……

——早知道別來了。

配不上這個地方。只會出糗而已。最好算了吧。

很久以前就聽過無數次，自己一直反駁的話語，在腦中打轉。

理應早就被自己拋諸腦後的聲音，如今壓在身上，即將把她壓垮。

因為，看啊。

對手——站在擂臺上那兩條平行賽道對面的騎士。

厚重的鎧甲。身下那匹應該也是軍馬。由於是馬上槍術比賽，裝飾品過多也很正常。

沒錯，連那些裝飾都跟自己現在的模樣大相逕庭。

除此之外，站在旁邊的隨從還打扮得如同一名貴族。

少女沒聽過紋章官，直到與她搭檔的少年主動接下這個職位。

因此，面對真正的騎士和真正的紋章官，她不知所措。

「那個——這位是西方草原的騎士。父親在與『死』的戰鬥中立下功勳，祖父是……」

那位紋章官打開卷軸，訥訥地介紹自己主人的來歷。

囉囉嗦嗦追溯到上六代，囉囉嗦嗦的功績。

圃人少女當然沒心思聽這些。她根本聽不懂那個人在講什麼。

所以，周圍觀眾的歡呼聲平息下來，她怎麼想都覺得原因在自己身上。

「真不像樣。」

身旁的咕噥聲害她嚇得身體一顫。

是少年魔法師。

她喀嚓喀嚓晃著鐵盔，轉頭望向他，少年說了句「妳看好」，邁向前方。

不，不只一句。他唸了三句「擴大」的咒文，圃人少女卻沒發現。

「此人乃！圃人村莊首屈一指的劍士！！！」

空氣為之震動。

少年宏亮的聲音有如雷鳴，傳遍整個鬥技場，刺進觀眾口中，讓他們閉上嘴巴。

瞬間的靜寂、沉默。少年魔法師使勁揮動手臂，彷彿一口氣吸光現場的空氣。

「啟蒙導師乃自深山下的迷宮歸來的偉大冒險者，圃人的大劍豪！」

他還記得啊。圃人少女在鐵盔底下微微睜大眼睛。

她跟他提過一點過去的事。她不討厭村莊，但愉快的回憶並不多。

她跟性格頑固又古怪的祖父學了劍術。所謂的訓練，僅僅是揮木棒揮到喘不過氣，昏倒在地為止。

全是從那裡開始的。要是沒跟祖父學劍，自己現在就不會站在這裡。

「日夜與劍為伍，經過千日鍛鍊、萬日錘鍊，成就一身精湛的武藝！」

所以，後面這句話害她忍不住笑出聲。

我才沒那麼老。圃人少女嘀咕道。

僅此而已，緊繃的下巴就放鬆下來，呼吸傳遍全身。

「她將以迅如閃電的速度，一槍貫穿敵人！請諸位明鑒！」

少年以優雅的動作鞠躬，片刻的沉默後，全場歡聲雷動。

然而，那並不是為圃人少女獻上的歡呼。

感覺有好戲看了。僅僅是這樣的，自私的狂熱及興奮。

對於圃人少女而言，卻有著巨大的差異。

「欸，你在哪裡學到的……？」

少年魔法師吐出一口長氣走回來，她用手甲抓住他的袖子，悄聲詢問。

「老爺爺教的。」是指師父吧。「他說身為魔法師，至少要學個吟詩作對。」

他咬牙切齒地說，最後又輕拍了一下她的背。

「看那邊。別忘記我說過的話。」

「嗯、嗯……！」

圃人少女反覆深呼吸，牽著驢馬的轡繩，操控坐騎前進。

賽場的土鋪得平平整整，跟村裡的比賽截然不同。

穿金戴銀的騎士，得意地站在看起來顯得遙不可及的對面。

不，是她自己覺得人家得意吧。不知道。不重要。

——沒錯，我的槍是閃電。

裁判用力揮旗。圃人少女踢向驢子的側腹，加快速度。

「喝啊啊啊啊……!!」

「喔喔喔喔喔!!」

空氣黏在身上，彷彿跳進水裡，感覺時間的流速變慢了。

視野急遽縮小，眼中只看得見對手。

她抬起右臂。得把槍扣進環裡。不對。對了。就是這裡。不是這裡。

——妳聽好。

少年在來到這裡的途中，經常提醒她。

來到此處，他的叮嚀終於從腦中的盒子蹦出來。

——威力是法則。由速度、重量、力道這三個要素構成。

還有傳遞。少年咕噥道，皺眉更正「是四個」。

——所謂的傳遞是三個點。支點、施力點、作用點。

——聽不懂啦，太複雜了。

有些事再怎麼認真聽，還是無法理解。

——體格占下風的妳絕對會居於劣勢。力氣也不大。這是事實。

——嗯。

少女懶洋洋地點頭。敵我的體格差距，她很清楚。

「在上戰場前要小聰明計算有利與否，是膽小鬼會做的事」這句話閃過腦海。

然而，少年——他在指導自己取勝的方法。所以，她點頭。所以，她聆聽。

——可是，速度會由對手自己製造。代表剩下的問題就是傳遞。

——意思是？

——別落馬。別從正面接招。拿穩槍，先擊中正確的部位。

她感覺到長槍卡進了扣具，彷彿一切都咬合在一起。

圃人少女使勁讓上半身傾向前方。被胸甲壓扁的胸部，壓得她喘不過氣。

耳朵上方傳來槍尖擦過鐵盔的聲音。木頭的碎裂聲。衝擊。身體在搖晃。別管它。

「咿呀啊啊啊啊啊啊啊啊啊啊……!!」

她咆哮著用力揮下長槍，將其刺出，如同熊熊燃燒的野火。

右手像敲中石壁似地顫抖、發麻，碎裂的槍尖朝四方飛散。

時間的流速一口氣追上。

空氣撲面而來，彷彿從水裡跳出水面，又聽得見聲音了。

「呼、啊……」

圃人少女在密不通風的鐵盔底下大口喘氣，像隻被拍上岸的魚。

可是，沒時間給她休息。血流暢通的大腦中，只有焦慮的情緒在逐漸膨脹。

「比劍……！」

她大吼一聲，跳下自己的驢子。

沉重的甲冑害她身體歪向一邊。不對，是因為喘不過氣吧。不知道。

在她快要跌倒時，一隻纖細的手臂急忙從旁邊伸出來撐住她。

「調整，鎧甲！肩膀，快點……！」

「冷靜點。」

他脫下她的鐵盔，一把抓下露眼帽。

「呼啊！」

風吹在汗水淋漓的滾燙臉頰及額頭上，圃人少女吁出一大口氣。

「我、我很冷靜！可是時間……！」

「就叫妳冷靜點，看那邊。」

「咦……？」

經他這麼一說，她轉過頭，看見穿鎧甲的騎士仰躺在地上。

不，不只他的人。鐵盔在賽場上喀啦喀啦滾動。

紋章官著急地衝過去，用水潑他，不過——

「妳好像一擊就讓他昏倒了。」

少年咧嘴一笑，圃人少女總算回過神來。

現在，她還注意到擠滿鬥技場的觀眾，視線通通集中在她一個人身上。

她發出唔唔啊啊的聲音。混亂、羞恥、興奮、困惑。

各種情緒攪成一團，少年纖細卻強而有力的手臂，抓住她的手高高舉起。

被鎧甲拘束住的肩膀靈活地轉動，像作夢一樣。抬頭看見的是一整面的觀眾席。

「看啊，這正是圃人的突刺（String）！連暗黑蜘蛛都能葬送的一擊!!」

這次，只為了獻給少女的喝采響徹四方。

§

「哇……！贏了！贏了……！」

「嗯。」

女神官像小孩似地鼓掌稱讚，哥布林殺手抱著胳膊，點了下頭。

在如雷的掌聲中，要說有哪裡是例外，其中之一就是這個觀眾席吧。

跟一般觀眾的座位等級有些許差異，為貴族設置的類似包廂的空間。

女神官、妖精弓手（Elf）、櫃檯小姐，牧牛妹也是，打從一開始就在為自己的熟人祈禱勝利。

「沒想到那兩個孩子會參賽。」

他們長大了呢——妖精弓手拍著手說，哥布林殺手又點頭「嗯」了聲。

她發出銀鈴般的笑聲。

「歐爾克博格就只會講這個。」

「是嗎？」

「就是。」

不過，不是壞事。妖精弓手天真地下達結論，瞇細眼睛。

他是這名男子難得——其實也不難得？——關心的後輩之一。

雖然她不懂凡人(Hume)世界的名譽地位，在比賽中獲勝，純粹是好事吧。

——要歐爾克博格跟那孩子一樣大聲稱讚，根本不可能。

倘若這位骯髒的冒險者突然開始吟詩，連上森人都會大吃一驚。

妖精弓手得出結論，注意力馬上被其他事吸引過去。

她有一堆疑惑。例如——沒錯。

「聽說要比三回合，她剛才擊中鐵盔，讓對手落馬，所以直接算贏對吧？」

例如眾人正沉浸其中的這場馬上槍術比賽的規則。

妖精弓手豎起食指，在空中畫了個圈，詢問旁邊的壯漢。

「假如對手沒落馬，要怎麼分勝負？」

「唔，森人小姐也看見長槍碎掉了。」

蜥蜴僧侶(Lizardman)慢慢抬起長脖子，語氣饒有深意。

「看見了看見了。兩根都碎成粉末。」

「長槍碎裂，代表攻擊命中。因此，算長槍碎裂者一勝。」

只要不落馬，就是長槍碎裂的那一方獲勝。兩根槍都碎掉，或者兩根槍都沒碎，則視為平手。

當然也會發生雙方落馬，或者交手三回合依然同分的情況——

「若較量槍術無法分出高下，後頭還有比劍的回合。」

合法化的模擬戰爭，該有多尊貴啊！

他的尾巴纏上妖精弓手的腳，害她癢得躲了開來，點頭說道：

「但那不是真正的長槍吧。就算是刻意做得容易碎掉，會不會太不堪一擊了？」

「故意的。」礦人(Dwarf)道士說。「這樣傷害才不會穿透鎧甲。」

任何一位礦人，都對武器有著獨到的見解。要是跟他們聊到酒和鍛冶，別想看到礦人的嘴巴停下。

他說，長槍的衝擊足以與**槍**匹敵。

他說，曾經有國王被長槍的碎片刺死。

「哦。」

妖精弓手對這些知識左耳進右耳出，瞥向身旁。

「難怪要穿那麼厚的鎧甲。我還以為凡人只會顧外表。」

「確實是鮮豔又華麗的鎧甲。」

女神官一邊回話，一邊側目望向穿著骯髒、廉價的鎧甲與頭盔的冒險者。

底下的賽場，少年正高高舉起少女的手臂，男人雙臂環胸，看著他滿意地點頭。

——差遠了。

不能怪女神官腦中閃過這樣的想法，但她沒有責備他的意思。

因為，她對於這個團隊的頭目（Party Leader）是這位有點奇怪的冒險者，並無不滿。

「就算落馬，如果連馬也一起倒下，會視為馬的問題，而不是騎士失誤，所以不會算輸。」

無論如何，對手已經昏倒，比賽自然到此為止。

櫃檯小姐有點小心翼翼地簡短補上一句。

沒錯，小心翼翼。這令牧牛妹心中浮現小小的疑惑。

昨晚他們好像一起出去散步了——

——不過，嗯。

想成現在不是自己的回合就好。牧牛妹得出結論。

畢竟，她一大早心情就很好。

難得來看比賽。難得在昨天買了新衣服。

她想著既然有這麼難得的機會，便打扮了一番，而他看到的感想是「我認為……挺好看的」。

「你果然很高興吧？」

更重要的是，他心滿意足的模樣，再值得高興不過。

因此，她靜靜湊到他旁邊，抬頭看著鐵盔。

「唔……」他的聲音聽起來像聽不懂她的意思。

這讓牧牛妹莫名愉快，難以控制上揚的嘴角。

「那兩個孩子贏了。」

是你的後輩吧？牧牛妹拿他沒轍，索性直接告訴他。

「唔……」

他低頭沉默了一下，然後咕噥道：

「……是嗎？是啊。」

自己大概在高興。他點頭。

一定不只是因為少年魔法師和圃人少女「贏了」。

在遠離故鄉的邊境小鎮接受訓練時，還是平凡無奇的冒險者。

如今，他們見過世面，在王都的比賽立於眾目睽睽之下。

他肯定在為那個事實高興。

——明明你也是銀等級。

牧牛妹不清楚冒險者的等級，但銀等級應該絕不簡單。

「對了，其他銀等級的冒險者沒來參加嗎？用長槍的那位和用大劍的那位。」
「噢，他們對這種活動沒什麼興趣——」
突然從旁邊傳來的櫃檯小姐的聲音中斷了。
不對，前一個人的聲音，牧牛妹也沒印象。
嗯？她疑惑地看過去，看見熟悉的地母神神官服。
所以，她瞬間以為那個問題是女神官提出的。事實卻並非如此。
體型、髮長，或者表情，都與女神官有幾分相似的少女。
她跟牧牛妹四目相交，展露笑容，宛如從雲間探出頭的太陽。
「打擾了——！」
「殿、殿下……!?」
「『殿下』？」
櫃檯小姐恭敬地起身。牧牛妹微微歪頭。
「您、您什麼時候來的……!?那個，真是萬分失禮——」
「啊，沒關係沒關係。這是私人行程，不如說偷跑出來的。」
王妹——雖然牧牛妹不知道她是王妹——大笑著甩手。
她眼中亮著淘氣的光，往旁邊望向跟她相貌相似的少女。
「好久不見。過得好嗎？」

「啊，是！」

女神官的笑容則如同一朵盛開的花。

——嗯。她們長得很像，但果然不一樣。

儘管兩位少女長得像同一個模子刻出來的，只要認識其中一人，差異顯而易見。

總而言之，女性成員增加了，變熱鬧是好事。

重點在於，在場沒人會拒絕成為朋友的她。

蜥蜴僧侶緩緩挪開巨大的身軀，妖精弓手跟著移動，空出位置，她便鑽了進來。

櫃檯小姐坐立不安地扭來扭去，礦人道士毫不介意，哈哈大笑。

「這位公主怎麼啦？」（「『公主』？」牧牛妹歪過頭。）「出來摸魚？」

「是的，開會開得太久了……我忍不住溜出來。」

王妹吐出舌頭微笑，看起來並沒有反省的意思，櫃檯小姐按著腹部，扯出僵硬的笑容。

——咦？

女神官見狀，稍微眨了下眼。

氣色好差。不，不是櫃檯小姐。是王妹。

臉色蒼白——跟疲勞不太一樣。

「那個，您還好嗎……？」

所以女神官發現的時候，下意識問出口。

後頸在隱隱作痛，不祥的預感揮之不去。

「嗯，沒事啦，沒事。大概只是有點累。」

話雖如此，妖精弓手好像也在擔心。

或者是身為地位相近的人，產生了共鳴。

她盯著王妹的臉，用像在訓話的口吻說道：

「雖說凡人壽命短，何必那麼趕時間？」

「如果其他人能用跟森人（Elf）一樣的標準想事情就好了。」

啊哈哈。王妹笑著說，身體突然劇烈傾斜。

啊。才剛這麼想，纖細的身軀就倒了下來。

「哇……!?」

「喂、喂……!?」

動作迅速。這種時候，靈活的上森人總令人瞠目結舌。

妖精弓手纖細的手臂，趕在女神官伸出手之前用與外表不符的力氣抱住王妹。

全身無力的王妹已經臉色發青，呼吸也——虛弱無力。

「糟糕，她還在發燒。」

「殿下……!?」

櫃檯小姐忍不住驚呼。牧牛妹也站了起來。狀況怎麼看都不對勁。對稱謂的疑惑，已經被她拋到腦後。

牧牛妹迅速跪到旁邊，將手伸向少女的領口。

「總之先鬆開衣服！還要做什麼!?」

「喝的——有水對吧！幫她擦汗——」

妖精弓手扶著王妹的期間，其他少女俐落地照顧她。

「請叫醫生過來！」

女神官對呆呆看著這一幕的櫃檯小姐吶喊。

「我的治癒神蹟治不了病……！」

「啊，好的。我明白了……！」

櫃檯小姐猛然回神，哥布林殺手制止她行動，低聲說道：

「那我也去。」

他敏捷地起身，果斷卸下盾牌及雜物袋，減輕身上的重量。

「幫忙帶路。還有，叫該叫的人過來。我不清楚。」

櫃檯小姐不可能察覺不到，他冷淡的發言有什麼意思。

她馬上動起聰明的腦袋，懷著謝意回答：「知道了。」

——沒事。我很冷靜……我做得到。

看見櫃檯小姐點頭，哥布林殺手也跟著頷首，鐵盔轉向一旁。

「抱歉，這邊能拜託你們嗎？」

「客氣啥。」

礦人道士回答，蜥蜴僧侶也晃著長脖子，已經從椅子上起身。

不，不只是站起來。

礦人道士手中抱著觸媒袋，蜥蜴僧侶將爪子長齊的四肢伸展開來。

正因為他們考慮到了昏倒的對象是誰，動作才如此迅速——確實地掌握主導權。

「就說她是被觀眾撞到吧。」

「是啊，對女士來說，似乎有點太過刺激。」

他們刻意一本正經地說。櫃檯小姐滿心感謝，輕輕點頭致意。

「好了，快去唄。狀況不太妙吧。」

櫃檯小姐還來不及回答對她揮手的礦人道士，身體就飄到空中。

「哇……!?」

「走。」聲音來自她的側腹附近。她因此發現自己被人扛在肩上。

「帶路。」

「咦，啊，哇……!?」

之後是一轉眼的事。飛奔到鬥技場的走廊上，拚命狂奔。被人扛著。

——這樣別人會以為我才是患者吧……？

混亂、焦急、羞恥。一團混亂的腦袋，忽然閃過這個想法。

即使如此，她仍舊沒有忘記最後看見的畫面。

女神官看見王妹殿下的胸口，顫抖著喃喃自語。

「這個，烙印是——」

四方世界滿地都是冒險的種子。

那麼，有冒險的地方就有冒險者，也是四方世界的真理。

§

「不太樂觀。」

用迅如「轉移」的速度趕到的美男子，語氣再冷靜不過。

一行人從以醫務室來說稍嫌豪華，供王妹休息的房間移動到貴賓室。

櫃檯小姐面色凝重，牧牛妹似乎以為對方單純只是個身分高貴的人。

她的反應恐怕才是正常的，但女神官以前也見過這名男子。

──不如說，見到國王或王妃……

這是第三、第四次了。

森人王妃、北方的女主人，再加上馬人(Kentauros)公主，多多少少會習慣。

──竟然覺得習慣了！

她為自己厚臉皮的想法露出笑容，不過，她當然明白現在是什麼狀況。

「我認為不是一般的疾病。」

女神官平坦的臀部坐在完全坐不習慣的柔軟長椅上，微微起身。

「我看過某位貴族千金身上有同樣的印記。那個烙印恐怕是──」

「詛咒。」年輕國王接在她後面說道，點頭。「沒錯吧。」

是的。女神官默默點頭，瞄了夥伴們一眼。

有人抱著胳膊站在牆邊，有人坐在長椅上，每個人姿勢都不一樣。

身為頭目的骷髏男子一語不發，看起來只是杵在那裡。

自己不知何時變成負責交涉的那個人，女神官非常難為情。

上次是什麼時候了？

她很高興夥伴願意將這個重責大任託付給自己，同時也覺得不安又寂寞。

自己那面不久後會升級成綠寶石的識別牌，會不會只是虛有其表的不安。

然而，不能出任何差錯是她自以為是的想法。她也知道這叫自我中心。

因為，現在受到詛咒的——是她寶貴的朋友。

「其實，我不是毫無頭緒。」

一國之君　召集勇者　如是說道。

宛如這首打油詩，年輕國王盯著冒險者們，語氣嚴肅。

「我還是冒險者的時候，身為不死之王的吸血鬼，在王都為非作歹。」

據說，不願跟隨不死之王的生物，通通下場悽慘。

「據點在哪。」

國王懷著懷念、悔恨、堪稱無情的冷靜心情，用手指輕敲地面。

「王都地底有個古代的魔穴。曾經封印住，不過封印正在逐漸減弱。」

那是在之前的——不，過去的「死亡迷宮」之戰上演的傳說中的一幕。

偉大的六英雄（All Stars）在迷宮深淵討伐魔神王的同一時間。

年輕王子及其同伴消滅了支配魔穴的魔神——不死之王，拯救王都，成為國王。

而他率領的軍隊，抵擋住了死靈大軍（Army of Darkness）。

年輕的女神官已經沒有記憶，但那是眾人耳熟能詳，足以寫成敘事詩傳頌的功動之一。

「那，只要潛入那個魔穴，重新封印住它，詛咒也會解除囉？」

妖精弓手美麗的聲音自然地加入對話。

不曉得是同為王族讓她不懂得畢恭畢敬，還是上森人高貴的氣度，抑或是她天生善於交際。

也可能包含了所有的因素，她的語氣彷彿在跟朋友聊天。

女神官看到櫃檯小姐的臉頰不受控制地抽搐著，國王卻並未放在心上，搖頭說道：

「對了一半，目的地不是魔穴。封印的核心在其他地方。」

「請看地圖。」

——哇。

在她出聲前，女神官都沒發現有一名銀髮侍女待在國王旁邊。

存在感薄弱得如同影子，讓人聯想到妖精。

沒錯，跟妖精弓手這位上森人有幾分相似，宛如一陣風的可愛少女就站在那裡。

總之。

於桌上攤開的羊皮紙上，畫著老舊的地圖。

看見國王指向的地方，女神官也做出「啊」的嘴型。

「這座山上有地母神的古老祠堂。那裡的地母神法杖，正是封印的核心。」

「我有聽過。」女神官點頭，聲音在顫抖。「還以為它不見了——」

「對外這樣說比較方便。」

地母神法杖是能夠展開結界阻擋邪惡之物的神器之一。

國王輕描淡寫、光明正大地說出失落神器的下落。

——不。

地母神寺院的高層，肯定早就知道了。

純粹是自己這個小神官不知情——

「但有個問題。混沌勢力好像入侵這座祠堂了。」

侍女好像輕輕撞了國王一下，是錯覺吧。

因為國王面不改色，冷靜地繼續說明。

「我派去偵察的人說，在那座祠堂看見了小鬼……」

「那還真奇怪。」

蜥蜴僧侶緩緩抬起長脖子，像隻從長眠中醒來的龍。

「守護王都的關鍵，竟落入了混沌手中？」

「別這麼說。」

聽見他直接的感想，國王的表情放鬆了些。

「不僅要舉辦比賽，內部還有人一天到晚在惹事。我們忙不過來。」

「哎，無論何處，鐵鎚和燒瓶都是有限的。」

礦人道士捻著鬍鬚點頭，裝得有模有樣。不僅如此，他還當著國王的面拿起腰間的酒壺舔了一口。

櫃檯小姐八成嚇得都快沒命了，國王卻沒有責備他的意思。

能從礦人手中搶走酒的，只有礦人之王，或者尊貴的上古森人妻子。

「總之，把地母神的杖拿回來就行了吧。」

妖精弓手一副「我大概明白了」的態度，搖晃長耳，挺起平坦的胸膛。

她無視礦人道士懷疑「妳真的明白嗎」的視線，站到女神官那邊。

「這個任務正適合妳！」

「是……這樣嗎？」

「沒錯！」

妖精弓手語氣激動，鼓勵不安的女神官。然而——

「不。」國王話講得吞吞吐吐，這還是第一次。

他閉上眼睛，低聲吸氣、吐氣，用平靜的語氣接著說：

「我想請她留下。」

咦——女神官困惑地眨眨眼，這時，國王臉上的躊躇已經煙消雲散。

「有幾個原因……卿之前也幫過我很大的忙。」

國王的視線落在一名男子身上。

站在牆邊無所事事，穿戴廉價鐵盔及骯髒皮甲的男子。

「釀成騷動就中了敵人的下懷。所以，不能派金等級解決祠堂的問題。」

因為。

「……哥布林嗎？」

他的聲音不帶任何生氣，冰冷得不像人聲。沒錯，國王回答。

「小鬼棲息在深山的祠堂中，為此派出金等級的冒險者。這樣等於是在昭告天下事情另有蹊蹺。」

不過。

不過，可是。

「卿另當別論。我想委託卿將占據這座祠堂的小鬼——」

「請、請等一下……！」

櫃檯小姐站起身，用顫抖著的聲音說道。

她臉色蒼白，冷汗直流，身體因恐懼及緊張抽搐著。

「打、打斷您說話……深感惶恐……我、我是，負責處理他的委託的，公會職員。」

她聲音拔尖，語氣緊張。喉嚨發出微弱的抽氣聲。呼吸困難。

「所以，那個，那樣的，委託………我不方便──」

介紹給他。這句話，她怎麼樣都說不出口。

因為，是啊。

他正以銀等級冒險者的身分，一步一步，踏實地走向前方。

花了好幾年，她一直看著這段過程。好不容易，好不容易，要從這裡開始。

現在竟然又要回去當剿滅哥布林的專家，一直派他去剿滅小鬼。

──不希望他走回頭路。

因為，他是優秀的銀等級冒險者。

──可是。

可是，正因如此，櫃檯小姐也知道別無他法。

還有誰能去？在場的，除了他以外的五位──不對，四位銀等級嗎？

也不是不行。但這可是國王親自下達的飭令。這樣等於是在叫他拒絕。

不會留下正式的紀錄。不過，正因為不會留下，才會成為汙點。

更重要的是，在屠殺小鬼這方面，除了他以外，還有誰──

「無妨。」

低沉的聲音。

「咦——？」

「我說，無妨。」

我不介意。他簡短咕噥道。含糊不清的聲音，從鐵盔底下傳來。

為什麼？櫃檯小姐沒有問出口。

他卻隔著鐵盔的面罩看著她，點頭。

「以前，」他停頓了一下。「受過關照。」

櫃檯小姐一時之間不知道他在指哪件事。

很快地，她便想起數年前，一大群小鬼引起的騷動。

他束手無策的那個時候，是她靈機一動想到了辦法。

她從未想過要讓他感謝自己或賣他人情。

「別、別這麼說。我沒有……！」

那個意思。這句話同樣沒說出口。

因為他站了起來，像要保護櫃檯小姐似地走到前方，面對國王。

「既然是哥布林，由我去吧。」

「……卿願意接受這件委託嗎？」

「對。」

他——他終於有種每個齒輪都咬合在一起的感覺。

——到頭來，自己就是個異類（Outsider）。

來到王都，參加祭典，觀看比賽，確實有興奮的時候。

但他同時也覺得那裡不是自己的容身之處。

只有這種時候，才輪得到自己出馬。

而輪不到他出馬，是一件好事。

——不過，無妨。

他判斷這樣就好，一路走來。

收拾眼前的小鬼，繼續前進。這樣就好。

這樣自己就能得到足夠的回報。

「雖然我一頭霧水。」

青梅竹馬的聲音傳入耳中。

她八成搞不清楚狀況。他也一樣。

政事、國家、國王。他都不甚瞭解。

可是，有人需要自己。既然如此，要做的事只有一件。

「你要去冒險……對吧。」

「不。」

他慢慢搖頭。

這不是冒險。

「是剿滅哥布林。」

因此，人們這麼稱呼他。

——專殺小鬼之人（Goblin Slayer）。

間章『冒險者，前往王都』

Coming to Adventure

「謝、謝謝……！」

黑髮少女從馬車上跳下來，晃著背包激動地鞠躬。

「不，我們也很慶幸有人同行。」

回答她的人同樣是黑髮的女孩。將長髮綁成一束，戴著薔薇髮飾，腰間掛著彎刀。

乍看之下與少女同年，不過從那雙沒穿鞋的腳判斷，這位似乎是圃人（Rhea）。

「我的團隊（Party）雖然有四個人，大家都身兼戰士和術士……有專業的前衛比較放心。」

少女聞言，紅著臉笑了。

「妳也是來看比賽的？」

「咦，啊，呃。」擁有原初的大渦、暴風雨之名的少女點點頭。

「還有，那個，王都也……」

想參觀看看。她有點害羞，所以這句話的聲音細不可聞。

圃人女劍士卻沒有嘲笑她，平靜地應和。

「這樣啊。其實我們也是第一次來王都。」

「咦……」

「如果有機會再見面，還請多多關照。」

少女急忙頻頻點頭，圃人少女留下一句「那麼再會」，邁步而出。

哇——神官女子、蜥蜴人(Lizardman)老人、森人(Elf)青年，令少女看得出神。

她看著她與夥伴一同消失在王都的人潮中，吐出一口氣。

——終於只剩我一個了。

少女發現自己獨自杵在王都可怕（！）的喧囂中。

她沒有明確的目的。

只是聽說王都要舉辦比賽，想去看一下。

她猛然意識到，去了王都也不會有人說什麼。

待在村子裡的時候，會被身旁的人說三道四，現在已經不會有這種事。

她是一名冒險者，是自由之人。

她連忙檢查錢包，跟公會裡的人詢問旅費大概要多少，想要存點零用錢。

經歷數場自己一個人也負擔得了的冒險，慢慢存錢，直至今日。

「……我跑來王都了。」

真不敢相信。

她曾經覺得自己絕對不會有機會踏進、親眼目睹那個地方，如今卻站在這裡。

眼前是作夢都沒看過，全然無法想像的景色。

少女不禁在原地輕輕跳躍，試著踩踏地面。

——是王都地面的觸感……！

抬頭一看，天空明明被高大的建築物切割成一塊，不知為何感覺起來卻特別低。

耳朵聽見的聲音、鼻子聞到的氣味、大量的人潮，通通是陌生的。

——頭好暈……

少女握緊黑色縞瑪瑙做成的除魔護符，按住撲通狂跳的心臟。

多虧護衛馬車的工作讓她找到人共乘，省了不少交通費。

——怎麼辦？

要用來做什麼呢？吃飯。買點心。買衣服。買飾品。武器或防具。

啊，說起來，比賽會收參觀費嗎？會吧。怎麼辦……

「呃……」

少女猶豫不決，默默站到路旁，看著街道思考。

停下腳步思考很重要，而她很擅長。

來到王都。去看比賽。她想一個人四處玩樂。既然如此。

——要去找旅館。

自己在王都的旅館找房間，在那邊過夜！

這還是第一次。也沒聽身邊的人說過他們有同樣的經驗。

機會難得，想住住看大一點的地方——大一點的地方……呃。

「……對了。」

少女事到如今才興奮得坐立難安，小跑步到大街旁。

——去看城堡好了！

再怎麼說，這裡可是王都。國王在的地方。第一步就是要看城堡。

少女在人潮洶湧的街道上一下被擠到右邊，一下被擠到左邊，衝向王城。

幸好城堡是王都最顯眼的建築物，閉著眼睛都不會迷路。

連嬌小得會被人群淹沒的自己，都只要踮腳抬頭就看得見。

過沒多久，她抵達競技場（跟鬥技場好像是不一樣的東西！）旁邊的王城。

在少女眼中，那是由複雜的柱子及迴廊構成的巨大宅邸。

事實上並沒有錯。

繼承王都的王家將很久以前——這個國家立國前蓋的古代國王的宮殿改建為王

城。

包含水道橋在內的王都各種設備，全是前人留下的。

壯麗的宮殿亦然，少女這輩子從來沒看過這麼大的建築物。

「妳真的要參賽？」

「光比劍術的話我不能參賽，騎在馬上就不一樣囉——！」

「阻止她也沒用……她一旦決定就不會聽人勸告。」

跟她一樣來遊山玩水的遊客也很多，王城前面亂成一團，人滿為患。

少女在被人東推西擠的狀態下仰望城堡，突然跟其中一人四目相交。

那名少女也是黑髮，身穿印著交易神聖印的綠衣，帶著一把鐵槍。

她在跟站在旁邊的兩位同伴交談，發現少女跟她對上視線了。

黑髮少女咧嘴露出一口白牙，臉上浮現燦爛如太陽的微笑，對她豎起大拇指。

「……！」

少女不明白這個動作的意思，但她覺得非常帥氣。

綠衣少女似乎很滿意她兩眼發光盯著自己，得意地——

「哇……！」

周圍的人忽然一陣騷動。

設置於南邊，好讓城裡的人不用出城也能觀賽的露臺上，出現一道人影。

少女跳來跳去，試圖看見那人的臉。看不見。

「那是誰？」

「不是公主殿下嗎？」

「是嗎……」

三人的對話混在歡呼聲中傳入耳裡。

——公主殿下！

無論如何都想一睹芳容。少女蹲低身子，鑽進人牆。

「……不對，氣質確實不太一樣。」

「離那麼遠，也是有可能看錯的。」

「是嗎……？？？」

——呼啊……！

她總算鑽到人潮的另一側，成功抬頭看見露臺。

的確，身穿白色禮服，擁有一頭美麗金髮的公主站在那裡。

可是——

————她的表情為什麼那麼僵硬？

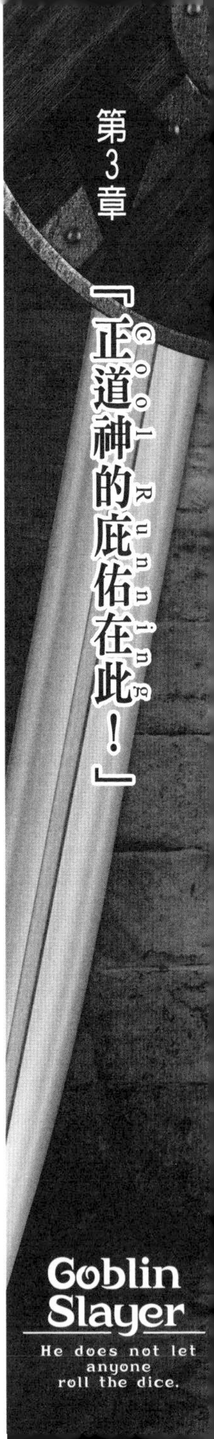
Goblin Slayer
He does not let anyone roll the dice.

第3章『正道神的庇佑在此！（Cool Running）』

那裡有一把杖。

遙遠的往昔，諸神大戰（War Game）之時，送到這塊土地的偉大神器之一。

獲得它們的人想必成了英雄（Hero Unit），化為守護秩序的旗幟。

然而——那也是過去的事。

冠上地母神之名的這把杖，沉眠已久。

雖然十多年前，曾經被人用來驅散覆蓋王都的邪惡與死，那也只有短暫的一瞬間。

為了四方世界的安寧，地母神之杖被封印在古老神殿——遺跡的最深處。

過於強大的力量，會為眾人帶來破滅。人世的未來不該由諸神的力量決定。

那是諸神在守望四方世界時制定的黃金約定之一。

因此，地母神之杖陷入沉睡。

就算神殿被混沌勢力占領，其神威也絲毫未減。

「GOROGB……」

「GOBB！GRBB。」

區區哥布林，連觸碰它的資格都沒有。

不過，哥布林並未思考自己為何無法碰觸它，只會在旁邊急得跳腳。

話雖如此，這或許也是一種幸運。

因為假如他們真的碰到了地母神之杖，肯定會降臨駭人的災厄。

「GBBR？」

因此，那件事發生的原因，絕對不是那隻踢飛祭壇發洩怒氣的小鬼。

起初是一顆小石子。

哥布林想必沒發現從牆上掉下來的石頭。

小鬼絕對不是看不見的種族，但他們極度缺乏注意力。

被動感知值低下的哥布林，再怎麼掙扎恐怕都無法察覺。

就算他們發現小石子掉落後，牆上的石頭震動了一下——

「GRGB!?」

區區小鬼又能如何應對？

首先是一隻小鬼死在突然倒塌的石牆下。

遲鈍如小鬼也發現了，猶豫了一下要嘲笑愚蠢的同伴，還是要逃跑。

「小鬼四！更正，三！武器——呃，自己看啦!!」

「GOROGBB！？！？！！？」

那是致命的失誤。

聲音伴隨一支箭，直線從小鬼的嘴巴刺穿後腦杓。

哥布林們看都不看在空中翻了一圈，癱在地上的同伴屍骸，勃然大怒。

——是森人！

——是女森人！

——拽倒她讓她哭著大叫!!

女肉的香味讓小鬼滿腦子都是自我感覺良好的妄想，飛奔而出。

只不過是一隻雌性靠過來，拿棍棒一砸就解決了。管他會不會有人死。

「GROG！GOOROGB!!」

「GOBBGR!!」

正因如此，哥布林才會只是這種等級的生物。

「——……！」

「GOOB!?」

寒酸的鎧甲男從妖精(Elf)弓手的影子裡衝出，使勁擲出右手的劍。

劍刃分毫不差地刺中喉嚨，直接奪走小鬼的性命，小鬼抓著喉嚨仰倒在地。

哥布林殺手迅速衝上前，踹倒小鬼的屍體，拔出劍。

剩下兩隻。不成問題。他用盾牌擋住敵人來自身側的攻擊。

「GROGB!?」

「唔……！」

然後果斷向前滾。一隻小鬼拿同伴的攻擊當誘餌，朝他撲過來。

生鏽的鐵劍擊中石板路，發出清脆的聲響，兩隻小鬼在地上扭打在一起。

他不打算給他們互相辱罵的時間。這個破綻實在太過巨大。

「咿呀啊啊啊啊啊!!」

巨影發出怪鳥的叫聲跳出來，甩動尾巴命中小鬼的頭部，用腳掌踩碎另一隻的脊髓。

到頭來，沒有武器勝得過經過足夠加速的質量。

連一回合都不到的戰鬥，就讓聚集在墓室的小鬼們遭到蹂躪。

唰。矮小的身影跟在揚起沙塵落地的冒險者後面，緩緩爬出牆上的大洞。

「唉，竟然有人因為『隧道（Tunnel）』穿不了牆，就把它跟『風化（Weathering）』搭在一起用。」

「這樣最快。」

礦人（Dwarf）道士最後才慢吞吞從洞裡跳下來，哥布林殺手直截了當地回答他。

礦人道士回以「正道神（RTA）應該會很高興」，不曉得是在稱讚還是在抱怨。

身為追求更快、更好的結果的那位神明的信徒，確實會採用這樣的手段。

然而，得像這次一樣事先知道遺跡的構造才做得到。

世上的冒險者會從正門進入遺跡，當然有相應的理由。

「那麼，」蜥蜴（Lizardman）僧侶給了腳下的小鬼最後一擊。「那把杖在何處？」

「我不認為小鬼會帶走。應該在附近。」

哥布林殺手的鐵盔轉向四面八方，視線發現了那座祭壇。

石造祭壇上有一把法杖，以象徵熟悉的女性翼人的雕像做為裝飾。

乍看之下是顏色黯淡的老舊鋼鐵錫杖。然而，事實並非如此。

經過漫長歲月依然能維持原樣的東西，肯定不是尋常之物。

蘊藏其中的魔力、神蹟雖然無法測量，素材倒是看得出來。

無法征服的金屬、無法擊碎的鋼鐵，正是精金。

「找到了。」

哥布林殺手卻只說了這麼一句話，隨便地伸出手。

不過，纖細的手臂在他碰到法杖前，制止了骯髒的手甲。

「等等，你握住它的話，地母神肯定也會生氣。」

妖精弓手語氣嚴厲，哥布林殺手嘀咕道「是嗎」。蜥蜴僧侶轉動眼珠子。

「照這個說法，貧僧等人全部沒有那個資格吶。」

「這種武器只有信徒能用。」

礦人道士邊說邊將點心扔進自動閉合的洞穴，以示感謝。

經過漫長的冒險，最後獲得的魔法武器是礦人專用的斧頭，冒險者為此頭痛不已。

這種案例並不罕見。

「沒差吧，我們又沒有要用。」

再說，這又不是武器。對妖精弓手而言，僅此而已。

優美的手指握住法杖，迅速將它從祭壇拿起來。

緊張的一瞬間。

——什麼事都沒發生。

「但我確實想帶那孩子一起來。」

她鬆了口氣，平坦的胸部上下起伏，閒聊著把法杖扛在肩上。

「還是帶她一起來比較好吧？」

「那樣無法完成國王的委託。」

哥布林殺手並未疏於戒備，環視四周。

沒有小鬼的氣息。剛才的戰鬥讓他們察覺異狀了嗎？不清楚。可是，需要加快腳步。

他在腦中盤算，努力維持平靜、毫無起伏的語調接著說：

「就算能祭出所有的手段進攻，都市冒險（City Adventure）還是不適合我。」

「又不是在叫你上。」

「鐵砧應該也沒辦法。」

礦人道士調侃道，低聲竊笑。

「妳怎麼看都不是當公主的料。」

「你說什麼!?」

你一言我一語，上級森人（Elf）和礦人（Dwarf）從神代持續至今的鬥嘴揭開序幕。

不過，平常會頭痛地──習以為常地──看著他們吵架的少女，並不在這裡。

不如說兩人的爭執，也是用以填補她的空缺的喧囂吧。

但蜥蜴僧侶沒有不識相到刻意講出來。

他緩緩轉動長脖子，好戰地從下顎伸出舌頭，呼喚頭目（Leader）。

「那麼，小鬼殺手兄，接著果然是按照計畫行事？」

「對。」哥布林殺手說。「繼續前進，從背後進攻。」

「小鬼們不會料到自己有遭到偷襲的一天。」

「要是他們透過這個洞跑到外面就麻煩了。一口氣收拾掉。」

他的指示簡單且果斷。與在王都觀賽的時候判若兩人。

跟礦人道士吵得不可開交的妖精弓手晃了下長耳。

——真有活力……

可是，這絕對不值得高興。

妖精弓手以再優雅不過的動作嘆氣，鐵盔為此詢問：

「怎麼了。」

「沒事。」上級森人搖動長耳。「有種什麼樣的師父教出什麼樣的徒弟的感覺。」

「說什麼蠢話。」

這句話聽了真讓人不爽。

妖精弓手美麗的雙眼瞬間向上吊起，像在跳舞似地轉過身。

下一刻，纖細修長的手指指向哥布林殺手的鐵盔。

「怎麼？你該不會要說你不是她的師父吧？」

「指導過一些。不過……」

不過。

「她做到的事，全是她自己的成果。」

妖精弓手似乎很滿意哥布林殺手咕噥著說出的回答。

「哦。」

她愉悅地瞇細眼睛，有如一隻貓。

「好吧，既然如此，在那孩子幫忙爭取時間的期間，我們要趕快搞定這邊的冒險——」

就在這時——

咚，咚！岩石互相摩擦的聲音傳來。

冒險者迅速做出反應。

他們拿起各自的武器——

然後——看見了。

疑似墓室擺設品之一的石像，高度直達天花板的那東西動了。

「————MA……！！！！！」

有如獸吼的咆哮響徹四方，石像舉起粗壯的手臂——

「把神器帶走，遭天譴了吧。」

「不是我的錯！」

妖精弓手對悠哉的礦人道士怒吼。

「就算真的要遭天譴，也是歐爾克博格害的！」

「會動的石像嗎……！」

哥布林殺手不知道，那是人稱魔像的怪物。

但他知道，在場有個人對石材再清楚不過。

「……你怎麼看？」

「劍沒用。」礦人道士厲聲說道。

咚、咚。石像的關節發出吱嘎聲，一步步開始前進。

伸出手臂，移動雙腿，舉起拳頭。

這一拳儼然是敲在墓室地板上的鐵槌，冒險者們用力往後跳，閃了開來。

四散的石頭及瓦礫從天而降，礦人道士咬牙切齒地吶喊：

「要是有槌子或榔頭之類的工具，一下就解決了！」

「打擊系武器嗎？」

哥布林殺手看著小鬼掉了滿地的木柴，低聲沉吟。

「唔。」

他拿走妖精弓手手中的法杖，毫不猶豫扔到空中。

地母神神力顯著的法杖於空中飛舞，覆蓋鱗片的巨手穩穩抓住它，握緊。

「動手……！」

「明白！」

豪邁的打擊炸裂，跟剛才那一擊比起來有過之而無不及。

「哈！」

蜥蜴僧侶鼻子噴出炙熱的吐息。連尾巴都沒有就用兩隻腳走路，何等愚蠢！

「不過，使用武器並非貧僧的本意！」

「不如說它本來就不是武器吧……！」

砰、砰！妖精弓手斜眼看著全身施力，試圖站起來的石巨人大叫。

弓箭類的武器對這傢伙不管用。她如此判斷，戒備著從墓室延伸出去的道路。

這麼大的聲音，這麼大的騷動，小鬼們就算發現，也不會過來。

——因為他們很膽小嘛。

儘管如此，她還是戒備著。

「斷了怎麼辦⁉」

「若神器因為這點衝擊就斷，那些傢伙早破壞它了。」

「說得也是……！」

妖精弓手在心裡發誓，等等要踹飛哥布林殺手。

因為再怎麼向上天哀嘆，地母神都不會降下天罰。

畢竟那位女神最近也經常掩面。

「哎……精金做的杖確實適合拿來砸。」

礦人道士一副放棄碎念的樣子，望向蜥蜴僧侶揮舞法杖的模樣。

再說一遍，沒有武器勝得過經過足夠加速的質量。

將古老石像徹底擊碎所花的力氣，跟女神官正在體會的辛勞，根本無從比較。

意即——十分輕鬆。

一點都不輕鬆。

§

「結果果然遇到了這種事……！」

圃人(Rhea)少女在鬥技場的角落，用別人聽不見的音量咒罵，扯掉鐵盔及露眼帽。

少女汗水的芳香隨著吐氣聲飄出——少年魔法師卻看都不看那邊一眼。

當然是因為現在無暇顧及那些。

他急忙拿出手帕，扔給坐在馬鞍上的少女，看著前方憤怒地說。

「他們不會落馬。」

鬥技場熱氣蒸騰。在對面更換斷掉的長槍的——是馬人(Kentauros)騎士。

不對，少年魔法師也不知道該不該稱呼他為騎士。

不是歧視，而是做為單純的定義，馬人不可能成為**騎馬的戰士**。

至於這在馬上槍術比賽會帶來什麼樣的優勢——

「光是妳沒落馬就值得慶幸了。目前得分各占一半吧？」

——要感謝那些白痴，讓馬人對上其他選手。

馬人不會落馬，代表一般騎士處在壓倒性的劣勢下。

身材如此嬌小還能不被撞飛，她的努力確實驚人，但這跟得分無關。

對面的馬人雖然也很過意不去，基於武士精神，他完全沒打算放水。

沒關係。兩人對於在有限的規則中試圖湊齊勝利條件的對手沒有怨言。

因此，圃人少女和少年魔法師的怒氣，全是針對放任這個狀況發生的人。

儘管回顧歷史，在讚頌雄獅功勳的戰歌中，也有他與馬人以長槍交戰的場面。

「我最不爽的是——」

交手一回合後的休息時間。

她擦乾汗水，大口補充水分，嚼著肉乾當成不知道是第幾次的午餐。

「要是我贏了，那個騎士八成會一臉得意！」

少年完全可以想像那個情境，努力故作平靜，笑了一下。

「意思是，妳不覺得會輸囉？」

「這還用說！」

「很好。」

光聽見這句話，少年魔法師就夠高興了。

若她上場前就放棄戰鬥，少年魔法師打算將體力的消耗量控制在最低，靠劍術分勝負。

可是，既然她沒有放棄——

「我們要贏。妳行嗎？」

「你有策略對吧？」

她瞥向這邊，笑得跟太陽一樣燦爛。

「我拚了！」

面對那筆直的視線，少年魔法師稍微別過臉，清了下嗓子。

他閉上眼睛，深吸一口氣，努力維持冷靜的語氣。

「妳身高偏矮，所以要從較低的位置刺出長槍。這是必要條件。」

「嗯。」

「也就是說，對手也必須瞄準較低的位置。從中間的柵欄上。」

「嗯。」

「所以——」

少女再度點頭。少年隔了一拍才傳達自己的策略。

「……………這樣好嗎？」

不會太卑鄙嗎？她的問題表露出疑惑及不安，少年斷言道：

「哪會，東方的詩歌也有『射人先射馬』這麼一句話，想把人射下來之前，得先從馬下手。」

「原來如此。」

圃人少女兩眼發光，真是方便。

總之得讓她建立自信，否則原本贏得了的比賽都會輸掉。

而她親口說了會贏，要贏。

想插嘴的人才該被馬一腳踹飛。

「再說……對手不是馬吧？」

「啊，對喔。」

他又補充了一句，圃人少女兩手一拍，乾脆地說。

「所以要從下面，像這樣。」

像這樣。圃人少女穿著甲冑，喀嚓喀嚓地擺動身體。

雖然那個動作的意圖，不諳武術的少年魔法師無法完全理解。

「刺過去就行了？」

「對。」少年魔法師點頭。「妳又不是想害人家受傷。」

「對啊。」

「剩下就是氣勢了。大聲吶喊。用丹田發聲。」

「嗯……！」

看見少女點頭，少年將露眼帽交給她，連著鐵盔一起幫她戴上。

最後放下面罩，輕拍她的頭，幫她跨上驢子，送她前往賽場。

事已至此，他能做的只剩下旁觀——那就是他的身分。

——這就是冒險……

圃人少女騎乘驢子，拿著替換的長槍前往賽場。

不對。少年魔法師凝視她的背影，輕輕搖頭。

不對。

——這也是冒險吧？

他無法理解那個頑固的圃人老翁在想什麼，但他的見識確實值得另眼相看。

他說，把一個圃人扔進龍穴偷寶石，稱得上冷酷無情嗎？

沒辦法相信同伴，為他送行的人，要不是極度傲慢，就是沒把對方當同伴。

要是他們有那麼一點懷疑那名圃人要獨吞寶石，肯定會所有人一起進入龍穴，招致全滅。

——我可沒那麼蠢。

所以，少年握緊拳頭，望向在鬥技場與馬人對峙的圃人少女。

嬌小身軀騎在驢子上的模樣，既勇敢又滑稽。

雖說圃人少女在上一場比賽奪得了勝利，搞不好是矇到（Fluke）的。不會有下次。

畢竟和她對峙的可是馬人騎士。實力差距跟試圖打倒風車的可悲老人一樣。

——不過，管他的！

圃人少女在鐵盔底下輕聲哼氣。瘋狂熱愛騎士道的老人，究竟哪裡可笑？

那位老人直到最後都相信騎士道的存在，挑戰了四腕巨人。

雖說四方世界無邊無際，膽敢單挑巨人的騎士又有幾個！

圃人少女在師父告訴他之前，都沒聽說過那位老人的故事。

師父說，有人嘲笑這個老人愚蠢，可是單純的蠢貨的事蹟，不可能這麼廣為流傳。

——想成為那樣的人。

圃人少女懷著這樣的心情，使勁踢擊驢子的側腹加快速度。

「咿啊啊啊啊啊啊!!」

坐騎加速衝向前方，帶來彷彿要把身體震飛的衝擊。

馬人騎士也跟著加速。馬蹄聲。有如瀑布——她從來沒看過——落下的巨響。

圃人少女在揚起的沙塵中牢牢架起槍柄，固定住。

勝負在一瞬間。

睜大眼睛。注視面罩的另一側。

好快。敵我的速度。她不懂複雜的計算。可是距離迅速縮短，下一刻就會相撞。

——妳聽好。

少年這麼說。

速度、質量、臂力，妳通通比不過人家。

以相對位置來說也是，由下往上刺和由上往下刺，妳的力道會占下風。

既然如此。

——沒必要跟他**硬碰硬**！

長槍從頭上迎頭砸下，裂帛之勢，才不會輸呢。圃人少女腹部施力。

「喔喔喔喔!!」

「嘰呀啊啊啊啊啊啊啊啊啊！！！！」

她發出猴子般的咆哮，扭動身軀，馬人瞪大眼睛，她笑了。

由上往下，由下往上，槍尖交錯。平分秋色嗎？不對。

馬人的槍尖擦過圃人少女的盾牌，偏向一旁。少女的長槍從縫隙間通過。

馬人騎士和長槍撞個正著，彷彿是自己衝過去的。

其軌道宛如由下往上延燒的野火。可是，幾乎水平。

長槍從左側用力擊中馬人手中的盾牌。

跟人類的騎士不同，馬人騎士沒有馬首。意即。意即——

——那傢伙**身體會向前傾斜**。

木屑四散，強烈的衝擊令圃人丫頭的小手像遭到雷擊似地瞬間麻痺。

——那又如何！

圃人少女踩穩馬鐙，矮小的身體後仰，維持騎在坐騎上的姿勢。

背後——馬人側倒在賽場上，看起來是被撞飛的。

觀眾一陣喧譁。

操控驢子掉頭的圃人少女茫然——不，一副不敢確信自己獲得勝利的樣子，吁出一口氣。

隨從急忙跑向馬人。應該沒死吧。他跟裁判面面相覷。

沒錯。不會落馬不代表不會跌倒。

跌倒的責任在馬身上，所以不算數，但**人馬一體**的情況下，責任就該由騎士扛了吧。

既然對手不算犯規，她也沒道理被判犯規。

因此。

「讓他摔倒」。這是從對面跑過來的少年教她的策略。

讓對手先攻，在互相衝突的途中，先行發動攻勢。

與無時無刻講求先發制人的少女原本的流派並不相襯，也就是邪劍。

然而——過去指導圃人丫頭揮舞木棒的跛足老翁看了，會怎麼想呢？

會頂著令人懷念的臭臉，稱讚她「以妳的實力來說幹得不錯」嗎？

© Noboru Kannatuki

——八成不會。

那名老翁及現在的師父，都完全不會稱讚她。也不會貶低她就是了。

「幹得好……！」

這種話，只有臉紅得跟蘋果一樣，朝她跑過來的少年會說。

雖然不坦率，會直接稱讚她的人只有他了。

「嗯，我辦到了!!」

少女扔掉鐵盔，跳下驢背，撲向少年。

速度與質量。少年哀號一聲，撐不住少女，跟她倒在一起。

對面，裁判對圃人少女高高舉起旗子。

§

「厲、厲害……」

女神官坐在觀眾席尷尬地鼓掌，勉強維持住臉上的笑容。

一切都令她非常拘束不自在，坐立不安，有種雙肩被人抓住的感覺。

臉因為化了妝的關係癢癢的，綁起來的頭髮將額頭和臉頰往後拉，害她表情僵硬。

尤其是這身衣服。塞著胸墊的胸部壓得人喘不過氣，被勒緊的腰部在隱隱作痛。

她誠心認為公主殿下能每天都打扮成這樣很厲害——

「妳怎麼了？……不對，請問您有什麼事嗎？」

「若有需要，請隨時吩咐我們。」

「好、好的……」

——這樣是不是有點卑鄙？

看到站在身後的紅髮侍女及金髮侍女，她不禁心想。

身為貴族千金的櫃檯小姐也就罷了，為何連她這個牧場女孩都這麼自在？

女神官毫無頭緒，卻不方便表現出來。

結果，她只能跟人偶一樣，僵著身體坐在那邊。

「哎呀，漂亮，漂亮！」

重點在於，在旁邊拍手的這號人物——自稱至高神聖騎士的男子。

「這正是所謂的平等。您不覺得很棒嗎？」

「嗯、嗯，對呀……」

她強烈覺得這男人在密切關注自己的一舉一動，嚴格監視她。

男子疑似是至高神寺院的代表、代理人，也看過王妹殿下。

光是要維持形象，以免露出馬腳，就讓她精疲力竭。

累歸累——

——這個人跟大主教大人差真多……

不如說，跟女神官看過的任何一位至高神信徒都不一樣。

包含邊境小鎮跟她是好朋友的聖女，以及公會的監督官在內。

跟看似驕傲自大的那名女騎士有幾分相似，實際上卻不同。

該怎麼說——沒錯。

努力走在正道上的人，跟以為自己走在正道上的人，果然有差異。

「我倒覺得剛才的比賽對其中一方特別不利……」

「何出此言！」

例如，面對女神官的疑惑，他信心十足，一副自己是幕後功臣的態度如是說道：

「雙方都盡情發揮了各自天生的力量。地母神的信徒怎麼能講這種話。」

叫魚上岸跑步，這個人也講得出同樣的話嗎？

女神官對此存疑，但她沒有說出口。

因為她意識到，這類型的人會自己打開話匣子，用不著她問。

「對了，公主殿下……公主殿下？」

「咦？啊。」女神官眨眨眼。「什麼事？」

「看到這麼多人參加的祭典，我深深覺得，地母神的活動還是修改一下比較好。」

「你指的是？」

「收穫祭上的舞者。」

至高神騎士斬釘截鐵地對面露疑惑的女神官說。

「那會露出女性的肌膚。身為聖職人員，那樣的服裝有礙觀瞻。」

「噢……」

女神官發出不知道要講什麼話的聲音，臉上浮現要如何解釋都可以的複雜表情。

因為，她正是穿過那件有礙觀瞻的服裝的其中一人。

經過數年，她依然覺得那是值得驕傲的工作。

另一方面，也不是完全不害羞。但驕傲的心情還是占大多數。

——仔細一想，當時我還很青澀……

當然，現在也絕對稱不上成熟就是了。

——真是場有意義的冒險……

在女神官回憶往昔的期間，至高神騎士仍在陳述自身的主張。

身為聖職人員不該出現在公共場合的論點，瞬間跳了好幾個階段。
那種祭神儀式，舞者的品行令人懷疑。信徒看了慾望會受到刺激。
等於是在將地母神貶低成不檢點又淫蕩的神明，是對所有女性的侮辱。
他的矛頭甚至指向踩踏早摘葡萄的少女的服裝。
從露出肌膚過於淫穢，扯到光腳踩葡萄是猥褻的行為。
「無法想像會有女性樂意做那種事。得盡快改善——」
心不在焉地聽著他發言的女神官，有種怒火被點燃的感覺。
因為這讓她想到過去那起侮辱了她珍愛的家人的事件。
好不容易摧毀的無聊陰謀，如今又在企圖汙衊那個人。
憤怒的情緒湧上心頭，但她克制住了。
——不行，不行……
女神官深深吸氣，努力鎮定地吐氣。
不該像那個時候一樣，因為一時衝動大吵大鬧，跑去喝酒。
不過——
她偷偷望向身後，兩人都看著這邊面帶苦笑。
——好吧，我也知道要她們代替公主說什麼，應該不方便。
可是，真希望她們為在做這種事的自己設身處地著想一下。女神官有點鬧脾氣。

沒錯，她在鬧脾氣。

——大家幹麼丟下我一個人……

她當然明白現在是什麼狀況。那也是迫於無奈。

能做到這件事的大概只有自己，既然接下了這個任務，就好好努力吧。

話雖如此，她有點不能接受其他人丟下她。

這樣的心情——出自認為自己也是獨當一面的冒險者的自信。

儘管女神官尚未發現，自己培育了那個珍貴的寶物。

「是嗎？」

所以，在他高談闊論一番後，女神官點頭回應。

短短一句話，搭配燦爛的笑容。

「原來你是這麼想的。」

「……就這樣？」

「——？是的。就這樣……」

女神官微微歪頭，至高神騎士激動地探出上半身。

彷彿連自己身在何處、在跟什麼人說話都忘了。

「您的意思是，地母神寺院不打算追究這些不平等嗎!!」

「為什麼要？」

「我剛才不就指出問題所在了……！」

「是的，我有聽見。」

「那您為何不會想加以糾正！」

「因為我跟你不一樣。」

至高神騎士為之語塞。

符合貴族身分的白皙臉頰，有種褪去血色後又少了一層顏色的感覺。

像灰一樣——女神官腦中忽然浮現這個想法。燃燒殆盡，純白灰燼的顏色。

「意思是，」

男子從喉嚨擠出沙啞的聲音，有如灰燼的摩擦聲。

「您認為可以對這個漫無秩序的四方世界坐視不管？」

「呃……」女神官豎起食指抵在唇上「我不太懂你的意思。」

看看他。

男子得意地揚起嘴角，露出醜陋的笑容。

儼然在指著她嘲笑那膚淺的思考、淺短的見識、狹隘的視野。

「因為，我的朋友裡有森人、蜥蜴人（Lizardman）、礦人……連馬人都有。」

女神官卻沒把他的態度當一回事，回以微笑。

有冒險者，也有公主。貴族、商人。牧場的人。酒館的女侍。

她從不覺得這叫漫無秩序、參差不齊，從未思考過其中的好壞。

「而且，東方的沙漠很熱，北方很冷。草原很大，密林裡面卻很狹窄。」

以前驅除大海蛇時見到的魚人，應該很難在陸地上生活。

不過，哥布林殺手帶她去的酒館有人魚女侍。

相貌標致的女性穿著合身的衣服調酒的模樣，非常帥氣。

噢，說到酒，踩葡萄的時候記得大家都穿著可愛的服裝，包含前輩在內。

眼前這個人雖然講了那麼多，大家都是發自內心在享受那個活動。

畢竟光著腳嬉戲是珍貴的經驗。

在沙漠的時候則相反，肌膚露在外面太久的話會燙（不是熱！），害她傷透腦筋。

可是就算穿得那麼多，到了北方的冰海肯定還是會冷得發抖。

——這樣一想，真的去了各式各樣的地方，遇見了各式各樣的人呢……

女神官悠哉地心想，緩緩搖頭。

「要統一他們是不可能的——啊，不對，所以，那個……」

沒錯，不可能。但在她心中並沒有優劣之分。

發現這件事的時候，女神官覺得心裡冒出了一個答案。

「所以，重點大概是要接受每個人的喜好都不一樣。」

嗯。女神官像在贊同自己這句話般，點了下頭。肯定是這樣吧。

有人討厭自己喜歡的東西很正常，當然也會有人喜歡自己討厭的東西。

北方的女主人好像在學習語言，馬人跑者讓許多種族為之瘋狂。

然而，北方的文化曾經令她頭暈目眩，馬玲姬也說過她不懂冒險者。

差異不代表不能拉近距離，拉近距離也不代表要統一全部。

「我是這樣想的。」

語畢，女神官感到有點難為情，害臊地搔著臉頰。

因為，她只是滔滔不絕地將自己的想法說出來罷了。

實在稱不上論述。

不如說，以王妹殿下的身分這麼做，是不是不太好——

「……您這個說法，簡直像在說世上也有善良的哥布林。」

女神官身體瞬間僵住。

她反射性掃了男子的臉一眼，他不屑地嗤之以鼻。

——沒被發現？

女神官偷偷望向身後的兩人，她們同時搖頭。

我想也是。她把手輕放在靠胸墊墊高的胸部上，鬆了口氣。話說回來。

——話題怎麼突然扯這麼遠。

「好哥布林是存在的。」

「……什麼？」

「你不知道嗎？海哥布林——他們人非常好。」

她微笑著對疑惑的男子說。他對她投以困惑的視線。

「雖然鰓人（Gillman）並不喜歡別人這樣稱呼他們。」

不過，沒問題的。

這種問題，她從成為冒險者的那一天就在自問。

「嗯，說不定有善良的哥布林。」

女神官直盯著他的雙目。

男子瞪大眼睛，一副出乎意料的樣子。

「但善良的哥布林是不會攻擊人類的哥布林吧？」

不曉得是在意外女神官回望他，還是在意外她會這樣回答。

「跟視否定人類、掠奪人類為惡……大概是一樣的。」

四方世界比任何人所想的都還要遼闊、巨大、複雜，多采多姿。

有善良的存在，也有邪惡的存在。她絕對不想肯定邪惡。

儘管如此——儘管如此。

「世界不會照我的意思改變，也不會照你的意思改變。」

不能有這種事發生。

因為連諸神都將決定權交給了「宿命」及「偶然」。

「……」

男子沉默了一瞬間。女神官聽見咬牙切齒的聲音。以及——

「失陪了！您似乎無法理解問題出在哪裡！」

——撲鼻而來的，灰的氣味。

餘香隨著怒罵聲於空中飄盪，男子粗暴地踢開椅子站起來。

他踩著大剌剌的步伐——跟那個人不一樣，十分粗魯——離開貴賓席。

女神官看都不看他的背影一眼，整個人倒在椅背上。

「……在貴賓席對王妹殿下這種態度，不及格喔。」

櫃檯小姐在吐出一口氣的女神官背後眉頭緊蹙，苦笑著說。

女神官不顧形象地維持伸長四肢的姿勢，哀怨地仰望身後的她。

「我做錯了嗎……？」

「就只是場神學論爭，我認為無傷大雅。」

為什麼不幫我？不不不那怎麼行。

無聲的交談。牧牛妹笑道「辛苦了」，將水遞給女神官。

從魔法水壺倒出來的冰涼清水。

牧牛妹自不用說，女神官一開始也為此睜大眼睛，現在則連驚訝的心情都沒有。

「謝謝。」她接過杯子，咕嘟咕嘟地喝著水。

牧牛妹又對她說了一次「辛苦了」，詢問櫃檯小姐：

「我不太瞭解至高神的教誨，不是像他說的那樣吧？」

「不是。」

信心十足。櫃檯小姐挺起胸膛，彷彿在展示成為信心源頭的曼妙身材。

絲毫不覺得難為情的坦然態度，令牧牛妹崇拜不已。

「所謂的正義是不斷提問何者為惡，絕非排斥特定的事物。」

朋友跟我說的。她靦腆一笑。

——這個人也有可愛的一面呢……

這一點牧牛妹也很羨慕，但她將這份心情收在心裡，只說出單純的感想。

「傷腦筋，不能辦祭典會少很多樂趣耶。」

祭典是值得慶賀的日子，更遑論收穫祭和用神酒祈求豐收的活動。

連這種時候都不能盡情狂歡，牧牛妹很困擾。

「話說回來。」

女神官用水滋潤喉嚨，心想。

自己和她——正在好好休息的王妹殿下，明明差那麼多……

「會認不出來嗎？」

§

「GORGB……？」

即使是無時無刻不在鬧騰的小鬼，突如其來的巨響及衝擊，也足夠讓他們察覺異狀了。

有部分可能也是因為，他們對自己的工作感到極度厭倦。

被塞進這座無聊的遺跡，連可以拿來玩的雌性都沒有。

就算環境遠比平常拿來當巢穴的地洞來得好，沒有小鬼會因此滿足。

小鬼羨慕高高在上地命令他們的傢伙，有更好的房間可以住。

想要篡位的妄想，被眼前的那東西輕易覆蓋掉。

沒錯，在粉塵之中，從遺跡深處飄來的——天上的香氣。

——是森人！

——是女森人!!

如同在晚上看見亮光的飛蟲。

哥布林們失去理智，一溜煙地衝出去，想著要踢開同伴奪得先機。

他們肯定會一擁而上，拿那個女森人洩慾。自己要搶到最多的好處。

小鬼們僅僅為了達成這個目的，衝向通往最深處的墓室的走道，聚集成群，然後──

「GAAAOOOOOOOOOOONNNN!!!!!!!!」

可畏的龍吼，將他們震向四面八方。

「前進！」

號令一下，穿鎧甲的冒險者率先衝進開闊的遺跡大廳。

然而，最快站起來的小鬼想必連他的身影都看不清。

飛刀無聲無情奪走他的性命，儘管不如小李飛刀那般厲害，對付區區小鬼也足夠了。

「GOORGB!?!?!?」

看見抓著喉嚨吐血身亡的同胞，小鬼們的大腦終於跟上現狀。

「GOGB!?」

「GGGRGGBO!?!?」

「真是的，我覺得我已經把森人一輩子會看的小鬼都看過了!!」

面對一大群暗綠色皮膚，鮮綠色的風板著臉跟在小鬼殺手後面。

她以肉眼捕捉不到的速度架起三支箭。箭矢瞬間射出，貫穿三隻小鬼。

「好想要『聖壁』！」

「不如說『聖光』。」

不帶情緒的聲音，回應她怨氣十足的怒吼。

哥布林殺手殺小鬼的時候，不可能夾帶情緒。

「請你體諒一下想跟他們在物理意義上保持距離的少女心。」

妖精弓手以不屑卻再優雅不過的動作哼氣。

與後面的魁梧蜥蜴人和礦人的動作判若雲泥。

走在前頭的哥布林殺手，也跟上級森人無法相比就是了。

「別跑太前面啊，長耳朵的！」

礦人道士邊跑邊喊。

「我跟妳不一樣，手短腳短！」

「礦人就該多做體操和運動！」

「現在不就在做了!!」

蜥蜴僧侶愉悅地聽著從神代吵到現在的冤家鬥嘴，轉動眼珠子。

「咿呀!!」

他自在地揮舞雙手雙腳、尾巴及牙齒，運用天生的武器擊潰小鬼，跳向前方。

「哎，妄求不存在的事物只是徒然。貧僧也不打算改宗！」

「慈祥的蜥蜴人，光想就覺得好笑！」

冒險者一行人儼然是劈開草原的劍，在綠色的小鬼群中衝鋒陷陣。

然而，小鬼的優勢在於一目了然的龐大數量，而非狡猾的個性或其他。

昏暗的遺跡中，小鬼們源源不絕地從分成好幾條的岔路前方湧現。

鮮血的氣味、森人的氣味。小鬼滿腦子只想著要大鬧一場，蹂躪入侵者，贏得勝利。

「唉唷，討厭……！」

妖精弓手衝向前方，忽然扭動身子，從腋下朝背後射箭。

「GBBORGB！？！？」

正好從蜥蜴僧侶旁邊經過，朝她撲過來的小鬼，脊髓被一箭射穿，摔在地上。

礦人道士毫不留情地用手斧給予臨死前還在抽搐的小鬼最後一擊，不斷向前。

「不管是要信地母神還是什麼神，數量有點多啊，嚙切丸！」

「今天，」他扔出短劍，若無其事地殺死小鬼。「沒關係嗎？」

妖精弓手回答了這個不知道在問誰的問題。

「有關係！」

她激動地大吼，在箭筒裡摸索下一支木芽箭。
「不過，我準了！」
「好。」
哥布林殺手立刻採取行動。
他從雜物袋中拿出一個小瓶子，迅速丟給後方的礦人道士。
「點火。」
「好唷！」
即時的回應。礦人道士從裝滿觸媒的袋子裡取出打火石，低聲呢喃。
「『跳舞吧跳舞吧，火蜥蜴，把你尾巴的火焰分一點給我』！」
伸出瓶口的繩子馬上迸出火花。
礦人道士乾脆地將燒起來的瓶子扔進岔路。
「GORGBB？」
「GGOBBGRGBB!!」
小鬼肯定沒有一眼就看出那是什麼東西。
因為他們甚至撿起滾到面前的瓶子大笑。
那個愚蠢的礦人連東西都丟不好。
下一刻，那群哥布林便連同走道的牆壁、天花板和十隻同胞炸飛出去。

暗紅色的火焰及暴風，隨著彷彿從體內傳來的巨響襲捲而來。

「你買那麼多火焰祕藥的時候，我就有種不祥的預感！」

嚙切丸，咱們的頭目明明會省小錢，出手倒是闊綽。

放棄抵抗與自暴自棄——不對，礦人道士反而表現出難得可以盡情用火的喜悅，放聲吶喊。

哥布林殺手將瓶子扔到朝他討下一個瓶子的手上，點頭說道：

「別無他法。」

「你亂講！」

妖精弓手從極近距離射穿小鬼殺手踢倒的小鬼，踩住屍體拔出箭矢。

美麗如舞蹈的動作及與其形成反差的怒罵，使得蜥蜴僧侶咧嘴大笑。

「資源豐富，著實值得慶幸！貧僧遲早也會習得『核擊』的吐息。」

地母神的神杖跟背袋在他背上搖晃。

那當然是保管袋（Holding Bag）。

魔法袋子。什麼東西都裝得下——這樣講太誇張了些，是個容量遠遠超出想像的袋子。

稍微有點名氣的冒險者都會有的便利魔法道具之一。

「乾脆把礦人也裝進去搬運算了！這樣我跑步的時候就可以不用管他！」

「說什麼傻話，早說過那東西不能裝生物！」

「礦人跟石頭有什麼差……！」

便利歸便利，團隊（Party）成員以前從來沒用過這東西。因為沒有必要。

有自然環境就有箭。有自然環境就有精靈。要靠的只有五體。

不在場的女神官雖然對魔法道具心存嚮往，為了以備不時之需，她一直在慢慢存錢。

至於身為頭目的哥布林殺手——

「被哥布林搶走就麻煩了。」

是這副德行。妖精弓手想在射殺小鬼前先掩面仰天長嘆。

「你也聽見了，別不小心弄掉它啊！」

她忍住這股衝動，將四支箭架在弦上，射穿前後左右四隻小鬼的腦袋。

「萬一掉在地上炸開來，那才是大問題！」

「明白，明白。」

「以前做過。」

「GBBOGB⁉」

「GOOGB！GOOOBBGRGB⁉」

哥布林殺手對右邊的哥布林揮下不知何時搶來的短槍，用圓盾擋開左邊的小鬼。

把那隻小鬼交給後面的人處理，回收地上的棍棒。

比斷掉的槍好用。他以機器般的動作高舉手臂，將其扔向前方。

「GBOGB!?」

確認聽見小鬼頭蓋骨碎裂的沉悶聲響後，他鎮定地說：

「一次就能清掉很多隻。」

「你燒得很開心，不過！」

妖精弓手配合哥布林殺手的腳步，刻意跑在他旁邊噘起嘴巴。

「你知道這裡是貴重的遺跡嗎!?」

「知道。」哥布林殺手點頭回答。「就是因為清楚構造，才會用這招。」

當時費了好一番工夫才逃出去，時間也不夠。

——現在如何？

只要拜託女神官用「聖光」……不對，還能叫礦人道士用「隧道」挖洞，躲進裡面。

以蜥蜴僧侶的力氣，用不著保管袋，也能搬運大量的火焰祕藥。

——不。

思及此，他的鐵盔左右搖晃。為了檢查兩側的通道。以及小鬼的數量。

沒錯——這是剿滅小鬼的委託，委託人為此提供經費，所以才能這麼大手筆。

只求迅速、大量、準確地殺死小鬼的行動。戰鬥。

在事先知道地形的遺跡內埋頭衝刺。就那麼簡單。

哪裡稱得上冒險？

夥伴——他遲疑了一瞬間才這樣稱呼他們——是在配合他。

既然如此，自己就該專心把能做的事做好。

因為這是剿滅哥布林的委託，而自己是——哥布林殺手。

「右邊的路有一群在接近。左邊數量較少。可是都算多。」

「混沌勢力真有幹勁吶！」

蜥蜴僧侶一面掃蕩從四面八方湧上的小鬼，一面吶喊。

小鬼宛如潮水，一停手就會被吞沒。

用不著妖精弓手那麼長壽，會覺得他們比一般的冒險者這輩子看過的小鬼還多，也是無可奈何。

不過——那點量在場的所有人應該早就見識過了。

「意思是有指揮官囉！」

礦人道士賞了從旁邊岔路撲過來的小鬼的腦袋一斧。

法術——神蹟的次數減少得比平常更快，蜥蜴僧侶用了兩、三次，自己也用了兩次。

——完全沒辦法省，真麻煩！

「那傢伙會不會也是哥布林？」

「不。」

從小鬼頭上跳過的瞬間，妖精弓手頭也不回，在空中翻了一圈，射穿背後的腦袋。

哥布林殺手踹開從正下方衝過的小鬼，踢斷他的脖子說：

「我不認為小鬼有能耐侵入王家守護的遺跡深處。」

「我想也是。」

被小鬼鮮血淋了滿身的蜥蜴僧侶，愉悅地轉動眼珠子。

他將用雙手撕裂的小鬼屍體往兩側扔去，蹬地飛奔。

戰鬥很好，剿滅小鬼卻讓人提不起勁。但如果這些只是雜兵，就另當別論了。

意即——有指揮官在。

那不就是敵將之首嗎？是名譽，是功德。扔在沙灘上太過可惜。

「是累積功德的好時機，諸位！」

「這個觀念，過了幾百年我大概都無法習、慣……！」

妖精弓手拿蜥蜴僧侶伸長的尾巴當成樹梢，踩著它降落到石板路上，向他道謝後再次衝上前。

「乾脆去學森人的作風，說不定比較快喔？」

「跟貧僧的食性不合吶。」

「問題就在這裡呢——」

上森人的笑聲輕快得跟小鬼的巢穴格格不入，搔弄兩耳。

她沒有大意，也沒有輕敵。若緊張沉默就能取勝，誰都會這麼做。

不過度緊張，卻也不會過度放鬆。維持平衡正是存活的祕訣。

只要經歷過幾次冒險，順利倖存，多多少少會明白。

彼此截然不同，這很正常。

所以——沒錯，有些事該訴諸言語，有些事則連說出口都沒必要。

「我們上。向前——」哥布林殺手說。「向前。」

沒錯，向前，向前。

他不會向神祈禱。不曉得該如何祈禱。他覺得祈禱者很厲害。

正因如此——正因如此，此時此刻，他向正道神（RTA）祈求庇佑。

向推崇反覆嘗試，以找出更加順暢、更加快速的正確道路前進的神明祈求庇佑。

因為，冒險者不會沒發現在對面的暗處沉積的黑暗氣息。

§

那東西——應該要這樣稱呼吧——被可恨的噪音吵得睜開眼睛，心情極度不悅。

睡眠遭到妨礙，自然會心情不好。

可是，那東西特別討厭無意間介入意識之中的無禮聲音。

例如，沒錯，冒險者粗魯的腳步聲。

小鬼發出的噪音同樣刺耳，不過他已經看開了，他們就是那種生物。

他也會為小鬼連閉上嘴巴擠在這裡都辦不到而感到惱火，久而久之就看開了。

冒險者則不一樣。

貿然闖進別人的住所，大吼大叫，搶奪財寶。

——冒險者這種生物，講白了不就是暴力的流氓嗎？

所以他的不滿全寫在臉上，抬起床鋪的蓋子，往旁邊推開。

「……到底發生什麼事？」

「GBG！GOBBGRGB!!」

他詢問碰巧——八成是逃走了，或是在摸魚——待在寢室的小鬼。

他聽著吱吱喳喳如同辯解的說明，點頭說道：「原來如此。」

——唉，區區小鬼果然連看門、警戒都做不好。

「好，既然如此，快去迎擊那些叫冒險者的人類。」

「GRGBGB！GOBBGBOGRG！」

「為何還留在這裡？你也要去，聽不懂嗎？」

「GORGB……」

恐懼及侮蔑，眼神彷彿在從下方瞪視他的小鬼，匆忙跑出房間。

小鬼的態度真讓人看不順眼。

不是指一有機會就想對他動手的個性。

光是想找機會偷襲他，就是一種屈辱、侮辱。

——從這個角度來看。

冒險者可以說大致跟哥布林一樣。

「唔……」

這個主意對那東西來說，十分令人愉悅。

既然冒險者跟哥布林一樣，用同樣的方式對待他們即可。

折磨肉體，讓他們心靈受挫，告訴他們自己是低等的生物。

——也就是調教。

那東西穿上散發霉味的舊衣服，整理好儀容，喃喃自語。

——明明你們只要乖乖待在我再也看不到的地方，我就不會做什麼。

小鬼之所以為小鬼，冒險者之所以為冒險者，就是因為連這點小事都不懂。

「很好，那麼，要做的事只有一件。」

那東西臉上浮現微笑。

「該死的冒險者，看我怎麼教育你們。」

血紅色的嘴巴底下，露出尖銳的犬齒——

第4章『英雄人選（Rock you）的傳奇！』

「下一個就輪到我了對吧？」

「妳問幾次了？」

少年魔法師以不自然的態度移開視線，不耐煩地對圃人（Rhea）少女說。

「五次？還是六次？」

「既然知道……」

就不要問啊。他強行吞回這句話，勉為其難地回答：

「對啦，下一個就輪到妳。」

「……好。」

她面色凝重，點了下頭，身處本來是給劍鬥士當休息室用的房間。

比賽期間會開放給前來參賽的騎士使用，他們就待在其中一間房間。

賽場隔著天花板位於遙遠的上方，觀眾的歡呼聲不時撼動房間。

室內異常悶熱，不曉得是為了點燃鬥士的鬥志，抑或單純是他在緊張。

——啊啊，該死……

或許是因為這樣吧。所以他才會特別在意。少年魔法師焦慮地搔著腦袋。

短暫的休息時間。有無脫下鎧甲，會大幅影響恢復體力的效率。

「……」

然而，並不會因為這樣，他就能毫不在意身旁的年輕女孩汗水淋漓。

溼掉的內衣貼在胸部上，描繪優美的曲線，他努力將視線從上面移開。

——不是的。

他知道她在集中注意力。正因為知道，這種時候還去打擾人家，未免太愚蠢。

——又蠢又遜。

他是為了給那些嘲笑他的人好看，才走上冒險者這條路。

不想做跟那些人一樣的事。

可是，在身旁緩緩隆起、上下起伏的柔軟溫暖，不停在腦中閃現。

為了驅散那個畫面，他冷淡地厲聲說道。

「……喝水了吧？」

「喝了——」圃人少女一副心不在焉的樣子。

她癱在椅背上，椅子都被她壓得倒向後方了。

汗珠隨著她的動作滑落雪白的喉頭，使胸前的內衣多出新的汗漬。

「下一個就輪到我對吧？」

「妳喔……」

少年自己也不知道他想說什麼，張開嘴巴，就在這時。

叩叩。

輕柔的敲門聲幫了他一把。

「……嗯。」

「好。」

心靈相通。少年魔法師拿起短杖，將飛棍插進腰帶，站起身。

他在腦內喚起帶有真實力量的話語，走向門口，站在門旁而非門前，詢問。

「請問是哪位？」

「我來送慰問禮，打擾到你們了嗎？」

——是熟悉的聲音。

少年魔法師鬆了口氣，打開門——睜大眼睛。

「嗨，狀態還行嗎？」

「啊！牧場的姊姊！」

圃人少女歡呼出聲，少年則默默讓路給現身於門後的牧牛妹，邀請她進房。

紅髮、高䠷、豐滿的胸部，害他總會往奇怪的方向想。

更何況她現在穿的是王都流行的服裝。
氣質及裝扮都截然不同，不過——
——……我不擅長跟這個人相處。
少年魔法師悄聲嘆氣。那個人可是會注重服裝儀容的類型。
「來，這給你們吃。比賽加油！」
「好耶!!」
這段期間，兩位女性和樂融融地聊著天。
圃人少女從牧牛妹手中接過籃子，如同字面上的意思舉起雙手歡呼。
圃人是一天要吃五、六餐的種族。
吃飯也會占用時間，表示每一場戰鬥的間隔會變短。
不公平——
他不會這麼想。因為不是每個人都這樣。
再說，對生物的特質講求平等、顧慮是什麼意思？
缺乏持久力是力氣都集中在爆發力上的證據，消化力也跟凡人（Hume）不是同一個等級。
能夠迅速補充熱量行動，反而比其他種族有利，吧。
——實際試過才知道……

「要吃什麼都可以，別吃太多啊。」

「嗯！」

圃人少女嘴裡已經塞滿食物。

少年魔法師看了下籃子的內容物，好像是用麵包夾著肉乾及醃漬物的便當。

凡人少量的午餐，對圃人而言只是茶點罷了。應該不成問題。

至少不是會妨礙運動的東西，從這一點來看——

「嗯？」

她還真熟練。他將目光從只穿著貼身衣物的圃人少女身上移開，跟牧牛妹四目相交。

「沒事。」

少年對微微歪頭的年長女性搖了下頭。

「那個人。」

他語氣冷淡，儘管只有幾個字，牧牛妹還是理解了他的意思，點頭回答：

「嗯，來了。」

「是喔。」

但他現在不在這裡。這句話聽起來有點寂寞，少年卻沒什麼興趣。

以那男人的個性，十之八九，不如說有將近百分之百的機率。

——是去剿滅哥布林吧。

肯定沒錯，以那傢伙的個性。

「…………」

圃人少女嚼著麵包，睜大眼睛注視少年魔法師的臉。

下一刻，她「啊——！」了一聲，表情轉為狡黠的笑容。

「我知道了，你想表現給他看對吧！」

「才不是！」

少年魔法師的聲音不受控制地拔尖。語氣激動，反射性地反駁。

這個反應彷彿在說她說中了，顯得很可笑，他清了下嗓子。

「該怎麼說，那個，就是，我不是為了表現給他看才來參賽。」

他確實是基於好勝心才挺身而出，不過，這與想得到稱讚似是而非。

儘管如此，少年魔法師沒辦法徹底否認自己心底是想受到承認的。

就像破洞的桶子。倒水進去還是會漏出來，填不滿。無論何時。

姊姊在的話，情況是不是會不一樣？事到如今無從得知。

再說——

「主角不是我，是這傢伙。」

他極度厭惡拿努力的人當墊腳石。

圃人少女帶著難以用言語描述的表情，注視少年魔法師。
像害羞，像愧疚，又像是遺憾。
看見那各種情緒融為一體的複雜表情，牧牛妹「哦」了聲。
「欸。」她在圃人少女耳邊輕聲呢喃，圃人少女回頭仰望她。
「嗯？」
「比賽前的演講，很帥呢。」
「啊。」少女立刻想到她在指什麼，誇張地張開雙臂，大聲說道：
「很厲害對不對！我從來沒有被人講成那樣過。是第一次！」
少年魔法師發出聽不清是「呃」還是「唔」的呻吟聲，別過頭去。
因為，這樣不就等於她看穿了自己的慾望嗎？
被人覺得自己想受到稱讚，他十分難為情。
像在哄小孩。可是，拒絕她們的稱讚會顯得更幼稚。
「不如說，第一次比賽的時候有人為我加油。會讓人打起幹勁耶。」
——這傢伙卻。
腦袋什麼都沒想，發自內心地稱讚他。少年魔法師往旁邊一瞪。
「那是不是某種魔法呀？」
他終於深深嘆息。投降，是我輸了。

「……那就當成我們兩個一起，可以吧？」

「可以！啊，不過。」

她用力點頭，表情卻突然一變。

圃人總是這樣。專注於觀察自己周身的情況，同時也只會關心這個。

對於習慣鑽牛角尖的少年來說，那一直是他的救贖——

「我說，你差不多該幫我穿鎧甲了吧！」

「噗……!?」

同時也是煩惱的源頭。

少年不禁臉頰抽搐，圃人少女將他晾在一旁，抗議道：

「因為！他每次都不肯幫忙！穿鎧甲很累耶！」

「啊——」

牧牛妹無言以對，搔著臉頰移開視線。

想到她的青梅竹馬，嗯，不是不能理解。

「……男生嘛，沒辦法。」

「閉嘴……！」

§

要將迎面而來的大群小鬼一次掃蕩乾淨時，不要思考其他事。

那是妖精弓手很久以前（她笑了，自己竟然會覺得久）學到的。這不是冒險。

與此同時，她敏銳的知覺察覺到細微的變化，搖晃耳朵。

「氣氛好像變了……？」

「或許。」

射中逼近身旁的小鬼的腦袋，拔出箭矢架在弦上，朝遠方的小鬼一射。

上森人展現精湛的弓術，哥布林殺手沒有側目欣賞這場奢侈的表演，站上前。

小鬼們迅速撲過來阻擋他前進。

「GBRG！」

「GRG！GOOGBGR!!」

——行動變得有一致性了。

但數量不及一百。他用劍刺穿第二十五隻小鬼的喉嚨，踢倒屍體。

「GOBBG!?」

凡人對上小鬼時，明確的優勢就是攻擊距離。

四肢的長度意味著能夠干預的距離。比小鬼更快，比小鬼更遠。

只要將這一點放在心上——

——這點數量不成威脅。

跟以前在高塔，或者說是迷宮遇見的少年一起探索的時候比起來，根本不算什麼。

小鬼如潮水般從四面八方蜂擁而至，應對措施只有一個。

直線開出一條路。

小鬼的威脅不是陰險的個性，也不是其他，正是數量。

只要不被包圍，不耗盡體力——不是專注力（HP）——就沒問題。

雖然他一點都不想在平地幹這種事。

「箭！」

「嗯。」

因此，問題在於武器的取捨及補充。

哥布林殺手拔出收在鎧甲縫隙間的短劍，射死柱子後面的小鬼。

他絲毫沒有減速，繼續前進，在跳過遮蔽物的瞬間抓住小鬼的箭筒，扔到空中。

還不忘趁這個空檔踢起哥布林擅長使用的武器——生鏽的鐵劍，一把抓住。

「謝謝！」

妖精弓手纖細的手臂，迅速撈走在空中劃出一道拋物線的箭筒，放下心中的大石。

沒有比箭筒空掉更令人不安的事。就算是小鬼的箭，有總比沒有好。

「唉，長耳丫頭真不方便！」

「請說我文明！」

妖精弓手對揮舞手斧劈開小鬼腦袋的礦人(Dwarf)道士嗤之以鼻。

「跟穴居人不一樣！」

「呵！咱們懂得遮風擋雨，比森人進步多囉！」

哥布林殺手一面前進，一面投擲鏽劍射殺小鬼，妖精弓手和礦人道士則守在兩側。

箭矢接連不斷朝前後左右發射，手斧憑藉驚人的臂力對敵人揮下。

於遠於近，哥布林都無法靠近，蜥蜴(Lizardman)僧侶也輕鬆許多。

「沼澤同樣頗為舒適。」

身材壯碩的他負責殿後，尾巴往旁邊一掃，將小鬼砸在牆上，一命嗚呼。

豈能讓小鬼的血液玷汙神聖的法杖。石像暫且不論。

即使數量比平常多一些，區區哥布林不可能阻止得了蜥蜴僧侶。

那麼與其站在最前線，不如守在視野開闊的地方，彌補不足之處。

畢竟——今晚少了一位神官。

「你怎麼看？」

「小鬼們的行動開始有一致性了吶。」

男人頭也不回，從喉嚨被刺穿的小鬼手中搶走棍棒，蜥蜴僧侶朝他點頭。

「敵方的指揮官或許已經察覺到異狀。」

「這個規模不會是小鬼之王。」

哥布林殺手舉起棍棒砸向右邊，咕噥了一句「二十八」，接著低聲沉吟。

「但若是薩滿之流，小鬼不會這麼聽話。」

「GBBG!?」

「貧僧認為上頭有混沌的勢力在指使。闇人（Dark Elf）、邪教徒、魔神崇拜者，或是——」

「GORG！GGORB!?」

「GBOBGR!?」

在對話途中被殺死的哥布林，不足以構成威脅。

飛濺的血液使妖精弓手皺起眉頭，可是下一刻，她的長耳便高高豎起。

「前面有東西！」

「唔……！」

剎那間，紅光貫穿黑暗。

在眼睛捕捉到的瞬間擦過身側的光線，根本閃不掉。

要不是多虧上森人的知覺，他們的側腹肯定被貫穿了。

他從未想過鎧甲能夠擋住小鬼以外的生物的攻擊。

更遑論——黑暗深處，盤踞在前方的黑暗之主。

「那啥東西!?」

「至少不是哥布林。」

面對礦人道士的疑問，頭目（Leader）的回答簡單明瞭。

彷彿黑暗本身化為實體，膨脹成形的壓迫感，不屬於小鬼。

就算不是小鬼殺手，不認識那隻威脅度驚人的怪物也很正常。

假如女神官在場。

白兔獵兵，棍棒劍士或至高神聖女也行。

他和她肯定會有印象。

那令人害怕得發抖的刺骨寒意。

不是憎惡或慾望，而是只將生命當成家畜看待，傲慢又冷漠的殺氣。

「把我跟小鬼相提並論？未免太失禮了……」

肌膚蒼白的男子張開黏滑的血盆大口，發出詭異的聲音。

理應不可能有人聽見的自言自語，傳入了冒險者一行人耳中。

那名男子擁有蒼白的肌膚、在黑暗中燃燒的眼眸，乍看之下年紀輕輕。

沒有穿著晚禮服這種做作的服裝。

是一名戰士，身上的紅黑色甲冑形似外皮被剝掉，露出肌肉纖維的野獸。

那個人——稱呼那種生物的詞彙實在不少。

暗夜一族。不死者(Nosferatu)。永生者(Undead)。

全是用來形容這種怪物而誕生的詞彙。

古代的詩人(Byron)有云——

一旦他現身於四方
萬萬不可驚擾墳墓的亡骸
否則他將拒絕永恆的沉眠
將你的同胞全身的血液吸食殆盡
深夜時分，從你的女兒、妹妹、妻子身上
奪走其生命之泉
被迫參加不祥宴會的可憐活祭
知曉生命的盡頭時

想必會察覺到惡鬼乃萬惡元凶
你詛咒，就如同他們詛咒你
那朵花將於花莖上枯萎

「——吸血鬼（Vampire）！」
妖精弓手尖叫道。

§

那座鬥技場曾經有過靜寂無聲的時候嗎？
上萬名湧入鬥技場的觀眾注視著賽場，一句話都說不出來。
刺耳的靜寂中，唯一聽得見的，是於肅穆的環境下響起的輕快蹄聲。
四方世界從未出現過走路如此威風的驢子。
倘若真的存在，那也是面帶愁容的騎士那位忠勇隨從的愛騎——茶斑號。
除此之外，看看騎在上面的武者吧。
腰間佩刀，手持盾牌，將長槍夾在腋下的模樣，儼然是從敘事詩裡跑到現實世界的美麗騎士。

沒有一絲汙垢的閃亮裝備如同白雪，頭盔上的裝飾也是純白的羽毛。
從彈起來的頭盔面罩底下窺見的，是臉泛紅潮，可愛又勇敢的少女。
很少人知道藏在鎧甲底下的嬌小身軀既柔軟又有彈性，發育得美麗動人。
不過，看也知道。
精心打磨過的美麗鋼鐵收在精緻的白鞘中，屏息等待出鞘的那一刻。
有人說那是花蕾。白玫瑰的花蕾。在盛開前的瞬間才能瞥見，稍縱即逝的美。
數日前，她第一次出現在這座鬥技場的時候引來一陣嘲笑，如今已無人記得。
人人都忘了自己曾經為圃人少女矮小的身軀及寒酸的樣貌竊笑。
至於集眾人目光於一身的少女——
——什麼嘛，他那麼不甘願，原來是怕我發現他在練習畫畫。
觀眾肯定想不到，她正在思考和比賽完全無關的事。
然而圃人少女每操控愛馬前進一步，不對，從離開休息室的時候開始，心臟就在劇烈跳動。
心臟隨著蹄聲撲通撲通地跳著。身體蠢蠢欲動。嘴角上揚。
少年魔法師用魔法顏料為她的鎧甲增添色彩的瞬間，她就興奮了起來。
他說，其實他本來想等到決賽再說。但他最後決定用在這個時候。
他的筆一滑過空中，頭盔就變得閃閃發光，鎧甲就變得閃閃發光，不知為何，她有種連自己都變得閃閃發光的感覺。

要不是因為她騎在驢背上，搞不好會衝出去抱住他。

她的心裡已經沒有不安，只剩下期待——雀躍的心情。

圃人少女打起幹勁，朝著與自己對峙的騎士，瞇細目光銳利的雙眼。

——都走到這一步了，我要給他好看……！

「那種鎧甲有損圃人的特色。這樣簡直像在拿她當展示品。對她太失禮了。」

不久前還沐浴在如雷掌聲中的至高神騎士，語帶同情地說。

騎在愛馬上的那位騎士，並沒有把圃人少女看在眼裡。

不對，他的視線確實落在她身上，眼神卻彷彿在看路邊的石頭。

「甲冑的款式果然也該統一。這場比賽太不像樣了。最重要的是——」

他第一次明確地在注視什麼，是仰望貴賓席的時候。

貴賓席找不到國王的身影。取而代之的是身穿美麗白色禮服的王妹坐在位子上。

她以僵硬的動作朝觀眾跟賽場上的騎士輕輕揮手。

兩位穿著王都流行服裝的侍女，神色自若地站在後面。

一人完全在炫耀自身的魅力，另一人也毫不掩飾豐滿的身材。

騎士彷彿在瞪視應當唾棄的邪惡之物，慢慢搖頭。

「……真讓人顫抖不已。」

他的口吻滿是不屑，扔下這句話放下面罩，扣緊扣具。

可是——這點小事無關緊要。

圃人少女觀察對手是為了獲勝。為了自己，不是為了對手。

她將手伸向頭盔的面罩，在放下面罩前懷著期待——沒錯，懷著期待回頭。

「……」

視線前方是少年魔法師的身姿。

他把玩著短杖，手放在腰間的飛棍上，焦躁地瞪著前後左右，低聲沉吟。

心神不寧的樣子——這是從客觀角度來看。圃人少女知道。

那是他在認真為她思考什麼時會做的動作。

她不懂太困難的事，不過，知道這一點就夠了。

「……喔。」

少年注意到少女在看他，猛然抬起臉，只嘀咕了這麼一個字。

「嗯！」

因此，少女也活力充沛地回答，放下鐵盔的面罩。

——事到如今，剩下要做的就是拿出全力嗎……

少年魔法師目送嬌小卻比任何人都還要巨大的背影前往賽場，喃喃自語。

『凡事都看要做還是不做！誰跟你在那邊試試看！』

那個可惡老圃人的怒吼聲於腦中迴盪。沒錯，說得對。

試試看殺小鬼。試試看屠龍。怎麼可能做得到那種事。

跟世界盡頭的聖騎士一樣，正因為決定要做，才殺得了龍。

再愚蠢的忍者，都不會想試試看從龍身邊偷走寶玉。

——該死。

少年憤怒地罵道，追在少女身後站上賽場。

他深深吸氣，懷著把一切都吸進肺部的心情。法術？那什麼東西。

大賢人給我看好了。不用魔法，才能彰顯魔法的偉大。

需要的東西？已經握在手中。是靜寂。勝於雄辯的靜寂。因此，他吸氣。

——看著吧，混帳東西。

你這種人不可能做得到。快去死吧。像姊姊那樣。

少年想像著發出低級笑聲的那些傢伙就在現場，吶喊道。

「遠方的觀眾張大耳朵仔細聽好，近處的觀眾睜大眼睛仔細看好!!」

聲音震動著。沒用法術。沒耍小花招。魔法顏料？哪有那種東西。

正午時分，有陽光。在這座會場，客人只能遠遠看見。

他只是將鎧甲塗成白色，磨亮，插上羽毛。僅此而已。才沒用什麼魔法。

不用魔法也做得到。自己——和那女孩。

——要說嗎？真的要說？管他的，說就對了！

「賢者學院的首席紅寶石術士之弟，將為各位介紹的是——!!」

觀眾席的某塊區域一陣騷動。他有這種感覺。不知道。可能是錯覺。

——無所謂！

怎麼可能這樣就結束了。他明白。他很清楚。

那些人八成會一直拿這件事出來講。沉積於自己內心的情緒，會像影子一樣揮之不去。

——不過，那又如何？

老圃人講過很多次。大賢人、那位偉大的魔法師為何偉大。

愚蠢的人會說是因為他能和龍交談、他取回了寶具、他連接了生死的境界。

不對。他。他是因為——

「——我的朋友冒險者!!」

接受了自己的影子才偉大。

大賢人的偉大在於，有願意給他那個機會的朋友。

既然如此，這就是自己的第一步。為了讓自己踏出這一步的她。

「怎麼沒種當面跟人家說」之類的刁難，他才不放在心上。

——行。我就做給你們看。

「剛勇無雙的圃人劍士！其武勇、美貌！事到如今已無需贅言！」

影子纏著自己揮之不去，再正常不過。

無時無刻都得與影子同在。

無法克服。就算成功接納了，也會影響心情吧。只有聖人做得到這種事。

否則只能狼狽地載浮載沉，一路顛簸。

不想這麼難堪所以只肯走在陽光下，或者始終沉浸於黑暗中，未免太過滑稽。

因為極端的人等於在承認自己無法正視另一面。

「因為——各位應該早就知道，九位徒步者踏上旅途前就在傳頌的事蹟！」

沒聽說過？純粹是你們書看得不夠多。

去看書。去學習。然後該去看看世界，去旅行，去冒險。

辦不到？關我什麼事。

辦不到也只能硬著頭皮上。瞧。**她**就辦到了。

離開鄉下，聽著他人的嘲笑成為冒險者，修行、旅行。

此時此刻，她就在這裡。將他帶到了這裡。

對，沒錯。不是一個人的功勞？沒錯。不是自己一個人的功勞。

他深深體會到。他明白了。圃人是。圃人是——

「圃人是**優秀的種族**!!」

不僅如此。沒那麼簡單。不是光看種族就能決定。

有的人想都不想就只靠種族斷定好壞、強弱。瞧不起他們。

種族不能決定一切。他揮下手臂，對著身穿白色裝備的那女孩。

「而她是偉大的冒險者!!」

不是「應該會成為偉大的冒險者」。她很優秀，已經很優秀了。

她住的村莊的其他圃人，沒有半個到得了這個地方。

現在坐在觀眾席的其他賢者學院的人，沒有半個站上賽場。

「總有一天，這場戰鬥會成為她英雄傳奇的一部分流傳下去吧！因此——」

來到此處，帶他來到此處的，唯有少女一人。

「因此，我就不再多說了。我只在這裡介紹一次她的名字!!」

少年高聲喊出圃人少女的名字。

——加油。

一心懷著這個念頭。

「————————！！！！」

如雷的，喝采。

重重迴盪的聲音，全都在呼喚圃人少女的名字。

鐵盔晃動，她困惑地環視周遭，然後高舉手臂。

剎那間，雷聲貫穿並不存在的天花板，從遙遠的高空降落在鬥技場。

「哇！」

疑似嚇了一跳的她立刻笑出聲，再度舉起拳頭。

至於跟她對峙的騎士──

「…………」

他騎在馬上，目瞪口呆。

在他的世界中，圃人肯定只是值得同情的可悲生物。

將那樣的圃人帶到此處的騎士，才是應該受到稱讚的存在。

光明正大、清廉高潔，沒有汙點的優秀騎士。

──管他去死。

「怎麼樣？」

少年魔法師狂妄無畏，從正面看著他笑道。

「這才叫平等公平。」

§

「我說，是不是有點不公平!?」

妖精弓手的吶喊被兩隻怪物劇烈衝突的巨響蓋過。

古老的大神殿，理應是地母神聖域的遺跡，如今化為橫屍遍野的戰場。

可畏的龍之後裔掃蕩聚集而來的小鬼後，襲向身穿暗紅色甲冑的男子。

「咿咿咿呀啊啊啊啊啊啊啊!!」

「太嫩了……!!」

劍與爪「喀」一聲撞在一起。

火花四散，互相推擠的壓力導致雙方的拿手武器溫度升高，發出紅光。

不是單純的比力氣。

蜥蜴僧侶使出渾身解數揮動爪爪牙尾，腳爪發出吱嘎聲在地面摩擦。

被壓制住了。力氣足以與紅龍抗衡的那位蜥蜴僧侶。

「可畏的龍之末裔，偷偷摸摸潛入了我的城堡嗎！竟然墮落至此！」

「哎呀！貧僧等人的父祖連在夜晚眼睛都是雪亮的……！」

儘管如此，他絲毫不覺得羞恥。蜥蜴僧侶放聲咆哮，與吸血鬼交鋒——

地母神之杖的攻擊或許會有效，但他不是不用，而是不能用。

萬一在短兵相接的途中被抓住，會無法抵抗，只能乖乖被敵人奪走。

這樣等於白費工夫。身經百戰的冒險者，不可能犯下這麼愚蠢的錯誤。

正因如此——

「看招……！」

妖精弓手間不容髮地衝上遺跡的牆壁，占據高處，飛箭一閃。

即使是小鬼使用的破爛箭矢，射手的技術卻截然不同。

上森人射出的箭，幾乎等同於魔法箭。

也就是百發百中，生鏽的箭頭於混戰中依然精準刺中吸血鬼，然而——

「雕蟲小技!!」

「討厭啦……！又不是哪來的食人魔……！」

用劍擋掉也就算了，看到射中敵人的箭一支支被拔出，她無法接受。

雖說是生鏽的箭頭，他毫不介意肉被割開，將深深刺進體內的箭拔出來扔掉。

腐敗的黑血只流出了一瞬間。下一刻肉就膨脹起來，傷口癒合。

妖精弓手藉由神一般的視力看見那個過程，咬緊下脣，於空中奔馳。

不巧的是——他們沒空把心思都放在對付吸血鬼上。

「GGGGG……」

「BB……」

是小鬼。不，不對。

那東西曾經是小鬼。

頭部被砸爛、喉嚨被撕裂、內臟被貫穿。

但他們站起來了。醒過來了。回來了。復活了。

那東西接觸到吸血鬼釋放的瘴氣，接連起身。

喔喔，這正是「死」的力量。迷宮之主的權能之一。

無疑是在過去的戰鬥害秩序勢力飽受折磨的黑暗大軍（Army of Darkness）。

「BRAAINN……」

「BBBRRRRRAAAAAIN……」

「看、我的!!」

蜥蜴僧侶向吸血鬼發起挑戰，負責壓制他，我方的戰力便減弱了。

若連妖精弓手都只顧著支援蜥蜴僧侶，顯然會面臨全滅的結局。

她站在石柱上，對玷汙地母神聖域的汙穢亡者群降下箭雨。

沒有任何誇飾，箭矢像雨水一樣從天而降。

一隻、兩隻、五隻、十隻。小鬼的屍體轉眼間堆積如山。

她的支援對冒險者們而言效果非常顯著，畢竟能創造出喘一口氣的時間。

雖然下一個瞬間，那些東西就如同壞掉的人偶般扭動身體站起來。

「這樣下去沒完沒了！」

「一如往常。」

哥布林殺手配合揮下手斧的礦人道士，簡短、簡單地回答。

與哥布林的戰鬥永無止境，純粹是看在場有多少數量。

——不過，這並非哥布林。

他基於習慣用短劍刺進喉嚨，小鬼的身體仍在蠢動，伸手抓向他。

哥布林殺手用圓盾砸中他，抵禦攻擊，重整態勢。

復甦的死者大腦大多已經腐敗，無法維持正常的思維。

想成為吸血鬼這樣的高等種族，需要經過相應的鑽研。

意即，哥布林無法成為吸血鬼。

既然如此，殘留在會動的屍體裡面的只剩下慾望，就這方面來說，與小鬼並無二異。

哥布林殺手沒有任何跟永生者有關的知識。

但他憑藉這些東西和一般哥布林的差異，大致推測得出兩者間的不同之處。

差異有二。這些東西的三大慾望，好像只剩食慾。

另一個差異是——殺起來似乎挺花時間的。

「該怎麼做。」

「讓他們動不了！」

礦人道士靠著種族的臂力使勁砸下手斧，怒吼道。

若能使用法術，他很想這麼做，不過對吸血鬼管用的法術究竟是什麼？

在無法確定的情況下打出所剩無幾的手牌不叫大膽，叫思慮不周。

礦人（Dwarf）有礦人的戰鬥方式。現在還不是時候。所以礦人道士像劈柴一樣，砍斷屍體的脊髓。

「四肢，朝四肢下手！或背脊！攻擊這些部位！」

「好。」

既然決定了，哥布林殺手迅速採取行動。

他不知道要如何消滅殭屍，破壞小鬼的手段倒是懂得不少。

除此之外——

——要是她在場。

還能用「聖光」嚇阻敵人再殺進去，或者用「淨化」一網打盡。

他發現自己腦中不經意地浮現這個念頭，在鐵盔底下低聲沉吟，靠小鬼屍體洩憤。

也就是踹倒他們，踩斷背骨，從手中搶走棍棒。

「這麼多，計算數量只是徒勞。」

面對從四面八方湧現的亡者群，比賽破壞了幾隻有何意義？

如果是小鬼也就算了。既然不是小鬼，代表現在的目的在於存活（Survive）下來。

——這種時候就要用棍棒。

哥布林殺手朝兩側胡亂揮舞棍棒，掃蕩敵人。

迅速將身體擠進擊飛小鬼屍體產生的空隙，邁向前方。

撇除掉停滯等於死亡這個大前提，無論如何都得離開這個大廳。

——死都不會再跟小鬼在開放空間戰鬥。

記得那是在第一年（Year One）發生的事，守住一個村子害他費盡心思。

如今回想起來，真是難堪到了極點，但他學到不少，成了經驗。

封閉場所才是活路——雖然要看時間及場合。

「歐爾克博格，有風!!」

先不說剿滅小鬼，他的同伴在其他領域，是比他更優秀的冒險者。

儘管數年來的相處對森人來說只是過眼雲煙，妖精弓手依然察覺了他的意圖，大叫道。

她敏銳的感官，確實捕捉到了風精靈跳的舞。

她所指的方向。哥布林殺手隔著鐵盔的面罩瞪視黑暗。

他沒有懷疑那裡有沒有道路可走的餘地。

「那邊。」

他再度敲爛小鬼的頭蓋骨，踩著倒在地上的屍體吶喊：

「走！」

這句話說出口的同時，他隨手擲出棍棒，動作行雲流水。

儘管遠遠不及那位雷神的戰鎚或小李飛刀，以小鬼殺手而言，可謂正中紅心的一投。

在空中描繪白色軌跡飛來的棍棒，唯有馬人那般的視野才防得住。

就算有吸血鬼怪物般的動態視力，命中的前一刻才發現也沒意義。

或是不認為有必要閃，若是如此，可以說他誤判了。

因為棍棒直接砸中吸血鬼的後腦杓，擊碎頭蓋骨。

骨頭碎裂、大腦潰爛的聲音傳來。裡面的東西像煙火似地濺向四方。

那一擊為蜥蜴僧侶創造了足夠轉身的破綻——

「哈！**木椿**嗎……！」

並沒有。

吸血鬼擦拭著從爛掉的頭部溢出的腦漿，目露凶光。

——唉，小鬼果然不管用！

但吸血鬼並不知道，小鬼們活著的期間，確實履行了做為盾牌的使命。

倘若上古森人還留有樹芽箭可用，八成第一箭就會射穿他的心臟。

不過，在場沒人知道這件事。沒有任何人。

「原來如此。」哥布林殺手低聲沉吟。「確實是怪物。」

「正是!!」

吸血鬼吼道，揮動手上的利爪。

做為提高治癒力的代價，他露出了非人類的獸性，蝙蝠或惡鬼般的本質。

「唔，喔、喔喔……!?」

蜥蜴僧侶甩尾拍打地面，用腳爪踢擊石板路，向後跳躍。

法袍唰一聲被割開，當成觸媒帶在身上的龍牙散落一地。

千鈞一髮。損失的法術資源（Resource）足以致命，可是撿回了一條命。魔法袋也完好無損。

——善哉！

既然如此，可畏的龍之末裔也無須感到羞愧，只要保住性命即可。

當務之急是避開追擊。沒有其他選擇。

蜥蜴僧侶蹲低身體準備閃躲攻擊，瞬膜卻蓋住了他的眼球一、兩次。

敵人沒有繼續追擊。

雖然只有一眨眼的時間——吸血鬼的動作戛然而止。

「喔喔！為用距骨行走之人（Crurotarsi）的不幸獻上憐憫！」

蜥蜴僧侶沒有把那珍貴的瞬間拿來思考，發揮驚人的爆發力高高躍起。

他一跳就跳過那群亡者，轟轟烈烈地踩亂位於著地點的小鬼屍骸。

就算小鬼們還活著，試圖採取應對措施，他們絕對閃不掉，只有滅亡一途。

從天而降的死亡（Death From Above），沒有比蜥蜴人（Lizardman）更明白質量與重力有多麼可怕的種族。

「沒事吧!?」

「當然，當然！」

妖精弓手臉色大變，高聲詢問，蜥蜴僧侶朝她咧嘴一笑，搖晃長脖子衝上前。

「哎呀，實在是，可否當成貧僧已在生存競爭中獲勝，為這場戰鬥劃下句點！」

他謹慎地抱著收納地母神法杖的魔法袋，甩動尾巴奔跑。

「怎麼可能。」

妖精弓手宛如一陣風跑在他旁邊，刻意打起精神笑道。

「因為那傢伙早就死了不是嗎？」

「此話有理！」

蜥蜴僧侶誇張地叫道，在下一刻順利與同伴會合。

小鬼殺手憑藉從哥布林身上搶來的鐵劍，與礦人道士一同開出的道路。

蜥蜴僧侶縱身跳入其中，然後是妖精弓手，礦人道士跟在後面。

哥布林殺手骯髒的鎧甲最後一個鑽進──

「……………可惡。」

吸血鬼帶著跟語氣一致的表情口吐詛咒，踩碎掉在腳邊的白牙。

他們不知道，剛才吸血鬼的眼睛緊盯著在空中掉出來的龍牙。

而計算數量所需要的那一瞬間──決定了冒險者的死活。

吸血鬼**必須**計算掉出來的龍牙有幾顆。

那是神明制定的鐵則。吸血鬼就是這種生物，此乃四方世界的規定。

違反這個規則，吸血鬼就不再是吸血鬼。大概會淪為一具屍體吧。

因為魔法應當如此。

就算靠著那怪物般的動態視力，轉眼即可計算完畢，那一瞬間就足以影響結果。

決定性的一瞬間。創造它的正是「宿命」及「偶然」。

意即──此乃冒險者不斷的努力和意志掌握的因果。

§

「嗚、啊……!?」

雙方的木槍發出劈柴般的聲音，碎成粉末飛濺四方。

圃人少女在驢背上發出的悲鳴混雜在破碎聲中消散，沒有任何人聽見。

可是，她立刻在鐵盔底下羞紅了臉。竟然因為被敵人擊中而叫出來！

強大的衝擊劇烈襲向她的左半身，嬌小的身軀差點從驢背上飛出去。

但她踩穩馬鐙，握緊韁繩撐住了。沒落馬就好。是這樣嗎？

——開什麼玩笑！

不獲勝就沒意義了。圃人少女眼中燃燒著鬥志，操控驢子掉頭。

柵欄另一側——看到了。那名騎士仍然騎在馬上。少女吶喊道：

「分數是!?」

「一分！」

少年魔法師跑過來，將懷裡的競技槍遞給少女。

隔著鐵盔面罩看出去的狹窄視野中，根本看不見用來表示比分的旗子數量。

「不過，要多虧剛才的演講讓裁判比較偏袒妳!!」

「什麼意思!?」

「主觀來看是同分。」少年魔法師鬱悶地說。「因為雙方的槍都碎了。」

「嗚嗚——！」

圃人少女在鐵盔底下悶悶不樂地哀號。

少年一瞬間以為是因為她受傷了，但他立刻察覺到她的情緒，皺起眉頭。

「怎麼？妳不服氣？」

「不是不服氣。」少女說。「那個人絕對會找藉口。」

「噢——」

我對圃人手下留情，所以她才有辦法贏。

聽到這種話肯定會不好受。少年魔法師很能體會她的心情。

「我想靠實力讓他輸得落花流水！」

「那就只能賞他一槍了。」

少年將替換用的長槍交給少女，拍了她的鐵盔一下。

「嗯！」

少女精力十足地點頭，騎著驢子走上前。

途中還不忘輕撫愛馬的脖子獎勵牠。

這孩子也一樣在挑戰難關。

面對受過訓練的軍馬，平凡的驢子一路過關斬將。

——怎麼可以輸！

圃人少女打起幹勁，拿好長槍就定位。

那位騎士則神色自若——不對，他的臉被頭盔遮住了，看不出來。

他一副勝負無關緊要的態度，悠然地拿著長槍和她對峙。

——真不爽。

沒錯，圃人少女為此感到不悅。

和他交手過後——她什麼都沒感覺到。

——我是沒有爺爺那麼厲害啦。

換成據說去過山下的大迷宮的先祖父，應該感覺得到殺氣、劍氣之類的東西。

可惜圃人少女尚未抵達那個境界。儘管如此——

——不可能辦得到。

她知道對方是這樣想的。

圃人是可悲、渺小、弱小的種族，必須受到保護。

所以她能走到這裡是託自己的福，她的勝利純屬巧合。

剛才那一槍不值得放在心上，意即——不是值得他放在心上的對手。

這樣的想法與憐憫似是而非。

不把她放在眼裡，碰到了圃人少女的逆鱗。

跟其他人紛紛疏遠在村裡揮舞木棍，立志成為劍士的少女一樣。

——看我把你揍飛……！

單純地令她感到極度不悅。

「咿呀啊啊啊!!」

裁判一揮下旗幟，圃人少女就咆哮著加速，叫驢子一口氣衝向前。

觀眾的歡呼、少年魔法師來自身後的聲援都消失殆盡。

鐵盔底下的狹窄視野縮小成一點，鎖定對手的身影。

她咬緊牙關，右臂施力，提起沉重的長槍。身體彈了起來。在馬鞍上。

踩住馬鐙，握緊韁繩，將嬌小的身體縮得更小，刺出槍尖。

那是她參加這場比賽後，反覆使用的必勝招式之一。

若這是一般的比賽——那個結果，肯定是因為對手事先研究過她的招式。

然而那位騎士不可能想那麼多。

僅僅是要把嬌小的人從上面打下來的隨手一刺，再理所當然不過的戰術。

兩把長槍交錯的瞬間，少女瞪大眼睛。自己的槍拐彎了。對手的槍在逼近。

稱之為騎士鍛鍊的成果太可笑，也不能說是圃人少女的失策。

因此，純粹是——「宿命」及「偶然」的點數所致。

「哇，啊啊!?」

少女嬌小的身體伴隨鋼板凹陷的巨響飛出去。

不，只是像被扔掉的人偶，上半身倒向後方而已，尚未落馬。

踩在馬蹬上的腳，勉強讓身體留在驢背上。

她現在的模樣卻狼狽不堪。

雖然靠競技用長槍抵銷了一些，堪比野獸或衝車的衝擊威力依舊強大。

塗成白色的鎧甲嚴重變形，碎掉的長槍在擦過鐵盔時，無情地撕裂了面罩。

若沒有頭盔的保護，少女的臉想必會變成令人不忍卒睹的慘狀。

不，就算戴著頭盔，曾經有國王被槍的碎片刺中，因而喪命。

萬一——剛才的交戰骰出了致命的結果（Fumble），理應會是如此。

換成真槍的話明顯是違規，只是碎掉的長槍劇烈衝突就未必了——

在驢背上一動也不動的圃人少女究竟是生是死？觀眾屏息凝視。

實際上，這個結果同樣對她造成了重創。

畢竟鎧甲的裝甲掉下來了，露出吸收汗水，緊貼在胸前的內衣。

在驢背上後仰仍未變形的美麗曲線，配合她的呼吸微微上下起伏。

吸不到空氣。呼、呼。她氣喘吁吁，空氣不斷從口中洩出。

——天空，好藍……

頭暈目眩，思緒在忽明忽滅。

眼前一片模糊。她隔著整個變形的面罩，看見頭下腳上的少年。

少年兩手握拳，忍耐著不要衝出去，不知道在吶喊什麼。

——別掉下去？

「…………————————！！！！！」

少女瞪大眼睛，彷彿被雷劈中，縮緊強而有力的腹肌坐起身。

「喔……!!」

她下意識吆喝道。好險。圃人少女甩甩頭，沉重如鉛。

——討厭，礙事……！

她扯斷肩帶，扔掉掛在肩上晃來晃去的鎧甲，手伸向頭盔。

徹底變形的頭盔連面罩都拉不起來，她強行將它從頭上拔起。

「噗、啊……!!」

明明只戴了幾分鐘，卻有種悶了數小時的感覺。

她甩開貼在汗水淋漓的額頭及臉頰上的頭髮，吐出一大口氣。

彷彿雷鳴的歡呼讚美著平安無事的少女，裁判在騎士那一側插上一根旗子。

可是，這一切對少女而言都不重要。她舉起拳頭給和她搭檔的少年看。

看見他點頭，少女也點頭回應，然後用力拍打自己的臉頰。

——可惡，好難堪喔……！

爺爺和師父看到，八成會大肆嘲笑一番。

圃人少女因為露出醜態而羞愧得緊咬牙關，狠狠瞪向對手。

「果然，這種比賽的本質就是野蠻的活動……」

騎士搖頭低聲呢喃，是否有人聽見呢？

「只會害圃人跟其他種族出糗受傷，應該立刻廢除。」

對大多數的觀眾來說，這點小事無關緊要。對圃人少女來說亦然。

聲音起初只是靜靜湧現，如同漣漪。

歡呼、瘋狂的聲音中斷，困惑與疑惑的騷動聲緩緩擴散。

是誰最先發現的，無從得知。

至少圃人少女比少年魔法師更晚察覺。

「…………嗯？」

更換鎧甲——她根本沒得換，不過他總會有辦法吧？——及長槍。

她想著要先回去一趟，更換裝備，掉頭時發現少年魔法師不停指著上方。

觀眾席？不對。更上面。鬥技場對面？

「天空……？」

圃人少女心不在焉地望向剛才仰望的藍天。

燦爛的陽光。蔚藍的天空。灰白漸層的雲團。參雜在其中的幾個黑點。

轉眼間變大的黑點長著翅膀、爪子、牙齒，目露凶光——

「——怪物……？」

悲鳴響徹整個鬥技場。

§

「唉，實在窩囊！」

巨大的身軀滑進石柱後方，蜥蜴僧侶難得憤怒地咆哮。

「若吸血鬼是恐怖之王（King of Horror），可畏的龍可是怪物之王（King of Monster）吶！」

但那遍布全身的傷勢絕對不輕。

顯然是多虧強韌的身軀及鱗片才抵擋得了，能夠保有續戰能力，已經值得讚許。

哥布林殺手判斷他的傷勢不成問題，低聲沉吟。

「剛才，他的動作似乎停住了。你做了什麼嗎？」

「貧僧什麼都沒做……據聞吸血鬼有幾個弱點——」

「我不知道。」

妖精弓手迅速用繃帶為蜥蜴僧侶包紮傷口，優雅地打結，語速很快。

「聽說他們怕陽光。在凡人的神殿，這些知識並不普及吧。」

「為何？」

「因為愚蠢的外行人會覺得『這麼簡單就能對付的話，我也有辦法打倒吸血鬼』，殺進去然後被反咬一口。」

礦人道士大口灌下火酒，板著臉窺探遮蔽物後方。

變成了殭屍，依然不影響小鬼最具威脅性的數量優勢。

但他們的動作比生前更加遲鈍、笨重、緩慢。

或許是吸血鬼的美學所致，那傢伙似乎不想讓殭屍粗俗地跑來跑去。

「很像凡人會幹的事。」

妖精弓手用掌心輕拍包紮完的鱗片，笑著擺動長耳。

「學到一些知識，就覺得自己摸透了世界的真相。」

「常有的事。」

哥布林殺手一本正經地回答。

他們在這個狀態下無視逐漸逼近的死靈大軍，默默補給、休息。

常有人說，冒險者的休息大致分成小休息與大休息兩種。

視時間及場合而定，有時會連五分鐘都不到，現在正是如此。

他們原本就是鮮少依靠「小癒」等祝福的團隊（Party）。

而是喝活力藥水（Stamina Potion）補充體力，或者吃妖精弓手帶來的森人的烤餅乾。

「唉，森人的餅乾是好吃，可惜味道有點淡。」

拿來配酒稍嫌空虛。礦人道士吃得餅乾屑都沾到鬍鬚了，刻意抱怨道。

「真想吃烤雞腿。」

「有怨言就不要吃。」

妖精弓手連從手指上舔掉餅乾屑的動作都萬分優雅。

「話說回來，真希望那孩子也在。她之前解決過吸血鬼。」

「嗯。」

哥布林殺手將小瓶子塞進鐵盔的縫隙間，灌入藥水，點頭。

「我也有聽說。雖然她不太喜歡提那件事。」

她是比我更優秀的冒險者。

在場的成員不可能聽不出，他的語氣透出一絲喜悅。

假如女神官在場——

「神官小姐不習慣自誇，也不喜歡受到稱讚。」

肯定會很有趣。蜥蜴僧侶轉動眼珠子。

他活動身體，檢查包紮完畢的身體會不會不自在，轉動長脖子。

「這起事件興許會是不錯的經驗。」

「問題是那個吸血鬼。」

礦人道士以蓮花坐的姿勢坐在地上，彷彿在冥想。他把手撐在大腿上托著腮，悶悶不樂地碎碎念。

「不搞定那傢伙，咱們啥都做不了啊，嚙切丸。」

他大口喝酒，瞪向小鬼殺手的鐵盔。

「你可別說對吸血鬼一無所知。」

「知道。」哥布林殺手點了下頭。「但不瞭解。」

「我放心了。」

妖精弓手半是傻眼，半是無奈地嘀咕道，用更加低沉的聲音接著說：

「聽見你說『不是哥布林』的時候，我還在想完蛋了。」

「那怎麼會是哥布林。」

聽見這再嚴肅不過的回答，妖精弓手竊笑出聲。吸血鬼聽見，不曉得會露出什麼樣的表情。

小鬼殺手沒發現她在以拙劣的技巧模仿自己說話，卻察覺到了團隊(Party)的氣氛。

眾人在維持緊張感的同時，也有適當地放鬆。

——值得慶幸。

平常——沒錯，他發現這成了習以為常之事——可不會像這樣。

注意各種小事、分配糧食與水、處理傷勢、思考、連接對話的，是女神官。

由所有人一點一滴補足她的空缺，幫助團隊(Party)維持跟平常一樣的運作方式。

——我辦不到。

少了女神官，萬一影響到團隊成員之間的合作，該如何是好？

與其思考這個毫無頭緒的難題，哥布林殺手選擇面對當下的問題。

吸血鬼是個大難題。

「法術剩多少？」

「我剩一兩次。」

「貧僧亦然。」

蜥蜴僧侶接在礦人道士後面回答，長脖子上下擺動。

「龍牙方才全撒光了。要召喚龍牙兵，約莫只能叫出一隻。」

「如果有多一點就好了。」

妖精弓手埋怨道。她輕拍裝滿各種箭矢的箭筒，聳聳肩膀。

「再撒一次說不定又能封住他的行動。」

「就算有也不能盲目相信，畢竟原因不明。」

「說得也是。」

看她乖乖同意哥布林殺手的說法，妖精弓手應該也不是認真的。

她的本分是使用弓箭，職階是獵兵（Ranger）。

平常召開作戰會議的時候，不太會針對細部提出意見。

哥布林殺手推測出她特地主動發言的原因。

不過在他開口前，妖精弓手便甩了下手。

「沒關係啦。這邊有這麼多。雖然是小鬼的鐵箭，嗯，也夠我用了。」

「夠了，剩下就是火焰祕藥……」哥布林殺手嘟囔道。「妳說他怕陽光對吧。」

「你想炸掉天花板嗎？」

礦人道士馬上明白他的意圖，無視在旁邊愁眉苦臉的妖精弓手，瞪向上方。

走道的天花板離天空不遠，可是空蕩蕩的大廳天花板很高，頭頂一片黑暗。

即使用了「隧道」，他們剛才也挖了不少的時間、距離。

根據熟悉地底的礦人的直覺，也就是經驗法則來推測——

「不知道這座神殿的正上方是不是天空，也不知道憑剩餘的量炸不炸得穿。」

「是嗎？」

能在地下否定礦人的生物，頂多只有闇人吧。

哥布林殺手判斷既然他這麼說，那就是這樣了，不容置疑。

「乾脆燒掉那傢伙或許更快。」

「燒掉。」

「不死者（Undead）不代表不會燒起來，終究是屍體（Dead）。」

「意思是……那東西是屍（Corpse）嗎？」

知識神的燈火宛如天啟（Inspiration），忽然閃過哥布林殺手的腦海。

「沒有生命（No Live）？」

「嗯……是啊。」

礦人道士捻著鬍鬚思考。嗯，沒錯。那東西不能叫做生物。

「畢竟十幾年前出現在王都的吸血鬼首領（Vampire Lord），也被稱呼為不死之王（No Life King）。」

——既然如此。

他透過鐵盔的面罩望向夥伴們。夥伴們。他還不習慣這樣想。

他有點遺憾女神官不在場，同時也感到慶幸。

那女孩正在王都冒險，是我作夢都想不到的精采冒險。

讓大家陪自己冒險，哥布林殺手很過意不去。

——既然如此。

「我有計策。」

哥布林殺手說。

「我們上。」

——必須獲勝。

§

「請躲到後面!!」
女神官的動作迅速且精確，只能以厲害形容。
她拿起錫杖，發出清脆的鏘啷聲，將身體探出貴賓席，持杖向前一指。
「『慈悲為懷的地母神呀，請以您的大地之力，保護脆弱的我等』!!」
突如其來降下的有翼怪物，被看不見的力場用力彈開，於空中墜落。
「GAAAARGO!?」
「GARGOO!!?」
一隻、兩隻。每當怪物用力撞上「聖壁」，女神官也會受到衝擊，她卻文風不動。
即使沒有後頸汗毛倒豎的感覺，她也看得出藍天中透出的黑點是怪物。
跟前輩們一同前往要塞，被捲入戰鬥時的經驗，確實化為了她的血肉。
——看似石頭的身體。爪子。牙齒。翅膀。那是……
「怪、怪物……!?」牧牛妹嚇得尖叫。「魔神——!?」

「不對！」女神官大喊。「是石像鬼那一類！」

女神官也是第一次在怪物辭典(Monster Manual)以外的地方看到。

儘管如此，她還是能比幾乎與冒險無緣的她——牧牛妹更加冷靜地下達判斷。

突然有怪物襲擊而來的經驗，還是沒有比較好。

「GGOOYYYYLEE！？！」

又一隻撞上「聖壁」，女神官的手陣陣發麻。

——不要緊。

還承受得住，還撐得住。這邊應該不會有問題。可是——

觀眾席已經一團混亂，群眾的悲鳴及怪物的咆哮參雜在一起。

擔任護衛的士兵們同樣驚慌失措，由此可見，負責戒備觀眾席的人八成也差不多。

怪物未必只會從天而降。萬一混進了裡面，背後，該如何是好——

「怎、」櫃檯小姐語氣緊張。「怎麼辦……!!」

不是陷入混亂的尖叫，而是不知所措、有意志的尖叫。

女神官迅速在腦內思考策略，張開嬌嫩的雙脣吸氣，吐氣。

「我有計策！」

先吶喊一聲。她沒有心思回頭，又彈飛一隻怪物，說：

「所以，請幫我！擋住門!!」

「知、知道了……！」

牧牛妹聽見指示，猛然回神。

貴賓席的構造比起座位，更接近某種箱子（包廂）——當然也有做為出入口的門。

與其盡快逃到走廊上，不如守在這裡等待救援。

牧牛妹當然想不了這麼多。

僅僅是接獲她的指示，沒辦法坐以待斃。

「那個，椅子！把椅子搬來吧！妳拿那邊！」

「好的！一起搬吧——」

「一、二、三!!」

女神官無暇關心背後的狀況，但她還是知道，牧牛妹跟櫃檯小姐開始構築防壁了。

王妹使用神蹟展開障壁，侍女們著手加固防線——表面上是這樣。

因為怪物來襲加上超脫現實的景象，慢了一拍才反應過來的士兵們，也終於採取行動。

「對不起，動作太慢了！剩下請交給我們……！」

「不好意思，謝謝！」

不管他們有沒有受過訓練，在緊急情況時能反射性地迅速動作，還是值得感謝。

畢竟一天到晚置身於險境的冒險者，有時也會遭受奇襲。

「這邊擋住了！」

「謝謝！」

女神官又彈飛一隻石像鬼，鬆了口氣。

牧牛妹也曾經被捲入小鬼的襲擊中，之前還有發生在牧場的戰鬥。

更重要的是，女神官知道她是非常堅強的女性。

所以，不會有事的。照理說。而且——

——才沒有什麼計策……！

女神官絞盡腦汁。汗水自額頭沿著臉頰滑落。

「王妹殿下，這裡很危險！請退下!!」

「不——！」

——不？

女神官立刻搖頭拒絕士兵的建議，忽然停止動作。

她差點因為平常的習慣豎起食指抵住嘴脣，握緊錫杖克制住了。

那個人會怎麼做？這種時候。口袋裡有什麼？

——啊啊，是嗎？

沒有計策。怎麼可能有。除了纖細柔弱，拚命握住錫杖的雙手，她什麼都沒有。

「——……………」

女神官將空氣吸滿平坦的胸膛，再次將強大的意志送往天上。

「『慈悲為懷的地母神呀，請將神聖的光輝，賜予在黑暗中迷途的我等』!!」

「GGAAAAAARRGG！？！！！？！？」

燦爛奪目的神聖光輝淹沒觀眾席，朝鬥技場滿溢而出。

一隻緊逼而來的石像鬼摀住臉慘叫，向後仰去，恢復成石塊。

墜落的石塊用力撞上座位，碎片散落一地，某種意義上可謂求之不得。

一道神聖光芒突然貫穿混亂，眾人的目光皆被奪去。

抱頭鼠竄的人，以及胡亂抵抗的人，通通望向貴賓席。

那是誰？王女殿下？聽說她蒙受了地母神的祝福……！

女神官瞬間吞沒微弱的交頭接耳聲。

「我以地母神神官的身分拜託各位！」

她那高亢嘹亮的聲音，明確地射向人群。

「請在場的冒險者提供協助!!」

就這麼一句話。短短幾個字，就帶來戲劇性的效果。

七零八落地與怪物對峙的冒險者面面相覷。

他們原本只是想來遊山玩水，遇到危險就該防禦。僅此而已。

但現在不一樣。有人提出了委託。是王女。一國的公主。委託他們驅逐怪物。

那麼。那麼這就是——

——無疑是一場冒險！

「喂，先從大隻的開始收拾！」

「前衛到這邊來！保護施法者！還有神官！」

「我會用法術！還有一點神蹟——雖然是交易神的！」

「有『反轉(Reverse)』就太好了!!」

團隊(Party)、單獨行動的冒險者，抑或初次見面的人們馬上互相召集，組成隊伍。

「很好！」

維持著「聖光」觀察情況的女神官展露笑容。

「其他人冷靜點，不要著急，盡速避難!!麻煩各位士兵提供協助！」

有人負責指示，下達命令。這成了眾人的依靠，支撐、引導他們脫離混亂。

因為怪物的襲擊變成無頭蒼蠅的群眾，馬上重整態勢。

狀況固然危險——卻絕不致命。

©Noboru Kannatuki

「真是優秀的應變能力……」

櫃檯小姐吁出一口氣，發自內心感到佩服，牧牛妹目瞪口呆。

感想也只有一句話。

「……好厲害！」

「嘿嘿嘿……」

短短一瞬間，女神官露出靦腆的微笑，接著立刻繃緊神情。

「因為，我從哥布林殺手先生和大家身上……學到了很多！」

——沒錯，沒有計策的話，向其他人求助就行。

§

「哇……！哇……!?」

話雖如此。

不是人人都能立即拿出亮眼的成績。

黑髮少女迅速蹲下，往旁邊滾動，躲開擦過頭上的石鬼的巨爪。

千鈞一髮。還是該說千鈞一帽子？她腦中瞬間閃過這個疑惑，推起頭盔。

既然自己選擇了它，這就是最好的防具。這就是最好的。

少女在觀眾席的縫隙間鑽來鑽去，發現一把跟身高不合的長劍。
「嘿……咻！」
劍刃劃過空中，當然不可能砍得到於空中飛舞的怪物。
紅色怪物描繪出巨大的弧線，高高飛起，接著又急速下降。
「AAAARREEMMEEERRRRR！！！！」
「哇啊……！」
背負著原初大渦之名的少女使出渾身解數滾向旁邊，避開來自上空的那一擊。
然後繼續在觀眾席的縫隙間穿梭，奔跑著移動位置。
畢竟那隻怪物的動作毫無規律可循，難以掌握。
因此少女停下來定睛凝視，觀察動作，在怪物撲過來的瞬間從攻擊的軌道上逃開。
移動，等待，攻擊，閃躲。移動，等待，攻擊，閃躲。
黑髮少女竭盡全力，滿腦子只想著這個步驟，持續戰鬥。
她沒有想法。
純粹是她的極限就在這裡，而她決定盡最大的努力。
「喝！……嘿！……嗚、哇!?」
至少如果自己能吸引一隻怪物，就能幫到其他人。

她心裡只有這個念頭。事實上並沒有錯。

圃人劍士的刀刃轟鳴，推崇正道的朱槍奔馳，立志屠龍的半龍少女的咆哮響徹四方。

有名聞遐邇之人，也有沒沒無聞之人，來自四方的冒險者聚集在這座鬥技場。

襲向其他冒險者的怪物的其中一隻，盯上這位擁有暴風雨之名的少女。

雖說微不足道，在陷入混戰的觀眾席中，她的舉動為其他人帶來了幫助。

實在稱不上活躍，難堪、滑稽、可憐，拚上性命的戰鬥，不過——

「看、我的……！」

鮮血從身上的擦傷滲出，奮力作戰的少女眼中，胸前的護身符中，確實亮著燈火（Spark）。

這是屬於她的冒險。既然如此——

「『瑪格那（魔法）……諾篤斯（收束）……法基歐（產生）』!!」

天上的棋手（Player）就不可能離開她身邊。

束縛的話語憑空傳來，勒緊怪物的翅膀。

少女發出聽不清是「哇」還是「咦」的聲音，抬起頭——看見兩位冒險者。

「停下來了！趁現在!!」

疑似魔法師的女性話音剛落，少女便看見一陣有顏色的風。

呼嘯而過的同樣是女性的身形，下一刻，轟然巨響刺進耳中。

在她發現那是踩碎地面的聲音前。

「殺!!」

銳利如刀刃的威風聲音響起，修長的腿同時從天而降，命中怪物的翅膀。

雙翼碎成粉末的紅鬼，當然墜落到了地面。

身體都碎掉一半了還在掙扎，可見怪物仍具威脅——

「啊、哇……！」少女反射性舉起重劍，「嘿呀！」吆喝著砸向怪物。

厚實沉重，每天細心打磨過的劍，發出響亮的聲響擊碎怪物的腦袋。

事已至此，少女仍舊無法相信，狼狽地喘著氣。

雙手瑟瑟發抖，僵硬得跟麻痺了一樣，額頭汗如雨下。

在她用手臂拭去汗水時。

「漂亮的一劍。」

她發現身穿正裝的女子站在自己面前，朝跟她組隊的魔法師揮手。

「那個，呃，我——」

少女緊張地仰望那名女子。

腦中突然浮現麗人這個詞。她只是聽過而已，並不知道是什麼意思。

女子打扮得跟男性一樣，但這身穿著非常適合她，無疑是位美女。

——好帥喔。

她如此心想，卻絕不會忘記該先說什麼。

「謝謝……您！」

少女深深一鞠躬，背上的包包發出啪噠啪噠的聲響彈起來。

她因為這丟臉的模樣頓時羞紅了臉，女子的反應卻出乎意料。

「別放在心上。」

她輕輕單膝跪地，配合又矮又瘦的少女的視線高度。

這時，少女才發現這名女子只有一隻眼睛。

她目光銳利——卻帶著柔和的笑意。

——好像探險競技的人。

她心想。

「只要活下來，一步步向前就好。」

——嗯，這樣的話。

「……我很擅長。」

「很好！」

女子臉上浮現柔和的微笑，美麗清澈的眼眸映照出少女的面容。

成熟美女的臉靠得這麼近，令少女緊張不已。

——我能變得跟她一樣嗎？
這麼漂亮、帥氣。她完全無法想像。
「那、那個……？」
「噢，不好意思。」女子露出豔麗的微笑，撥開遮住一隻眼睛的頭髮。「因為妳長得跟我認識的人很像。」
「認識的人……」
「對。」
可是，他應該不在這裡。十之八九在——
「那位少年大概在哪裡剿滅小鬼吧。」
雖然他已經不是那個年紀了。

§

他不經意地心想，幸好那男人不在這裡。
「果然不能交給那個國王。竟然會發生這種事……！」
少年魔法師無視大吼大叫的騎士，瞪著會場，手放在腰間的武器上。
觀眾席和貴賓席正在遭受怪物——大群石像鬼的襲擊。

眼角餘光瞥見剛好有人解決掉了其中一隻。真厲害。

——不，那隻是暗紅色的。是熾火魔神嗎……？

是的話，來頭還真不小，不過他現在沒空管這麼多。

少年魔法師的注意力，絕大部分都放在賽場上的少女，以及她頭上的石像鬼上面。

在空中繞圈盤旋的模樣，使少年想到禿鷲或禿鷹。

——雖然我沒看過。

那種鳥真的會在屍體上盤旋嗎？總有一天要親眼確認。

總而言之，石像鬼好像會跟禿鷹一樣，避免獵物逃走。

圃人少女和騎士之所以不能行動，就是因為有那隻石像鬼。

——既然如此，要做的事只有一件。

他再度心想，幸好那男人不在這裡。

是受到誰的影響才開始使用投擲武器的，他死都不想說出口。

少年魔法師抓住的，是一把飛棍（Boomerang）。

魔法的地獄、禁忌的魔力、異鄉的咒術師，師父盡情取笑了他一番，不過——

——關我屁事！

少年一步、兩步踏上前，配合邁步的速度使勁擲出武器。

「GARRGG!!」

然而，凡人再怎麼擅長投擲，也不代表能夠百發百中。

怪物輕鬆躲開了這一擊，發出嘲笑般的叫聲。儘管無法確定石像鬼有無情緒。

可是——少年也一樣在笑。

「『雅克塔（投射）』！」

剎那間，少年魔法師全身發出魔力淡淡的綠色光輝。

帶有真實力量的話語從口中迸發，目標不是飛棍，而是微風。

連一陣風的真名都掌握不了，還稱得上魔法師嗎？

於空中飛舞的飛棍，路線瞬間以超乎常理的角度扭曲。

「GOYYYYY!!!?!!?」

被風抓住的飛棍聽從少年的指示劃過空中，憑藉猛烈的威力擊碎怪物的翅膀。

不管原理是多深奧的魔法，終究是會飛的石塊，一旦失去翅膀，結果只有一個。

墜落——死亡。

從高空墜落的威力及衝擊，足夠讓石塊粉碎。

飛棍在粉碎四散的殘骸上方繞了圈，回到少年手中。

此乃結合法術與飛棍，少年魔法師全新的戰術——念動飛棍。

還沒確認初次應用在實戰上的成果，少年便聲嘶力竭地吶喊：

「上吧！」聲音於鬥技場迴盪。「**打飛他**!!」

這句話的意思——騎士肯定誤會了。

他八成以為少年在叫他制伏怪物。

「這還用說。」騎士說。「只要交給我，就不會有任何問題。一開始就該——」

然而，沒人有道理把他的胡言亂語聽到最後。

「看我這邊（Watch Me）!!」

圃人少女宏亮的聲音。

她扔掉頭盔，扯斷將鋼板吊在胸前的肩帶大喊：

「還沒結束!!少給我擅自結束比賽!!」

「————？」

騎士想必覺得這句話並不合理。

他困惑地杵在原地，含糊不清的聲音自頭盔內側傳出。

「……妳在，說什麼……？」

「這是我——我們和你的比賽！跟其他人沒關係！跟任何東西都沒關係！」

圃人少女張大嬌小的身體及手臂，放聲吶喊。

「這裡，就是世界!!」

這就是一切。分出勝負。是贏，還是輸。那就是一切。

被那雙燃燒著熊熊鬥志的眼睛瞪著，騎士後退了那麼一步。

「妳的意思是，要我繼續比賽……？」

「沒錯！」

「不過……」

騎士的語氣困惑不已，透出一絲動搖，似笑非笑。他舉起斷掉的槍柄。

「我沒槍可以用。」

「還有劍!!」

休想逃跑，才不會給他辯解的餘地。

少女拔出祖父給的劍，從深山的迷宮帶回來的無銘寶劍。

天下無雙，地上最強。她不可能抵達這個境界。但能夠以此為目標。沒人有資格取笑。

而你嘲笑了我。不是我要挑戰你，是你主動來挑釁我。

所以。

「放馬過來！」

圃人少女吼道。

「——看我把你揍飛!!」

§

——唉，冒險者真是跟溝鼠一樣的白痴。

敵人逃進了他做為根據地的遺跡的通道，吸血鬼逐漸逼近他們，依然從容不迫。

對於那位不死之王——占領王都的偉大夜之王的部下來說，區區冒險者與塵土無異。

可是。

他的君主跟朝四方散播「死」的魔神王一同落敗。

他不能原諒傲慢的人類。

需要對那些鬼鬼祟祟進來偷東西的強盜，施以相應的懲罰。

「好了，你們也該出來了。」

吸血鬼悠然地抱著胳膊，操縱小鬼的屍體，一面對賊人喊話。

語氣中透出的憐憫，與傲慢的寬容和慈悲似是而非。

「若你們願意現在就投降，我答應賜予你們永恆的生命。」

──附帶永恆的勞動就是了。

他完全沒打算把他們變成暗夜的眷屬。

記得那群人之中還有個女森人，若她還是處女，搞不好會變成報喪女妖（Banshee）。

──既然如此，乾脆一直拿她當血袋好好享受。

這位吸血鬼不會蠢到去呵護叛逆的種子。

世上有許多樂趣能夠供他謳歌永恆的生命，用不著冒險。

若要舉出身為暗夜眷屬的不滿，頂多只有不可能迎接世代交替吧。

不祭出物理手段除掉那些活到都快失去理智的長老，就無法出人頭地。

因此必須搬弄權謀，戴上面具演一場戲，不過──

──那也只是暫時性的。

他已經結識了那位神之使徒，遲早會獲得排除那些人的力量。

而時間無論何時都會公平地站在吸血鬼這一邊──

「若你們是在等待救兵，沒用的。」

因此，吸血鬼推測那些傢伙按兵不動的理由在於此，忍不住笑出來。

「王都現在一團混亂，再怎麼等──」

「講什麼蠢話。」

那是彷彿從地底傳來的一陣風，低沉、無機質、平淡的嗓音。

明明不可能聽得見，那句自言自語還是傳到了吸血鬼耳中。

在真正意義上如同怪物的動態視力，比聲音更快捕捉到從走道跳出的獵物。

「王都有冒險者。」穿著骯髒鎧甲的冒險者低聲說道。「遠比我優秀的。」

「『清水髒水，混在一塊兒變成濁水，沒人看得清』!!」

與此同時，微胖的礦人道士從掛在腰間的酒壺灑出酒，朗誦奇妙的咒文。

緊接著，水珠繞成漩渦飄向空中，白色的霧氣瀰漫神殿內部。

——一群白痴！

吸血鬼臉上浮現形似鮮紅裂縫的嘲笑。

八成是「隱藏（Invisible）」之類的法術。

換成小鬼，確實有可能因此迷失方向。然而——

——你們不知道吸血鬼為何能在夜晚視物嗎……!!

沒錯，吸血鬼眼中的世界不是被光照亮的。

吸血鬼看得見熱，看得見生命。其五感是建立在靈感上，而非靠眼球視物。

即使是魔法，覺得這點小伎倆就能搞定他，真是天大的侮辱——

——那也是壽命有限之人（Mortal）的愚蠢之處吧。

如今自己的勝利唾手可得，為這點掙扎氣得發狂，有失從容。

「耍什麼小聰明!!」

他用直劍將射穿霧氣飛來的箭矢全數擊落，順勢邁向前方。

他看見熊熊燃燒的燈火在「隱藏」之中左右移動，以閃電般的跑法朝他衝過來。

肯定是剛才對他說了什麼的小子，恐怕是頭目。先從他下手。

寒酸的鎧甲衝出霧氣。吸血鬼的劍高高舉起。

才不會一刀了結他。要像水果一樣砸爛他的腦袋，再踩在腳底。

「——去死吧!!」

遂成粉末消散的————是白骨。

「什麼……!?」

眼球左右移動。視線追著碎掉的骨片，被迫做出違背本意的行為。

吸血鬼不知道發生了什麼事。

直到前一刻，頭目——那個被叫做哥布林殺手的男人所站的地方，有骨頭。

龍頭的骨頭。龍牙兵。這不重要。從哪裡跑出來的？兩者交換了？什麼時候？

——不，不對……！

是男子懷裡的小袋子。袋口開著。龍牙兵是從那裡出現的——！

「竟然是魔法袋（Holding Bag）!?」

在換算成時間不到一秒的僵直後，吸血鬼面目猙獰地怒吼：

「撐過一回合又能如何——!!」

「一回合就夠了。」

鐵盔近在眼前。面罩底部的黑暗，傳來低沉的嗓音。

「你好像是**屍體**對吧？」

這個瞬間，哥布林殺手將**袋子**砸在吸血鬼臉上。

「什、麼——!?」

吸血鬼立刻全身被吸進袋中，連齜牙咧嘴咆哮的時間都沒有。

即使擁有夜之眷屬能看清黑夜的眼睛，也看不穿這片無光的黑暗。

沒有聲音，也沒有空氣。再怎麼掙扎也不會產生效果。

手臂、身體、雙腿逐漸被吞沒，彷彿在被袋子吃掉。

「那就**收得進去**。」遙遠的高處。從袋口傳來了處刑宣言。「**因為是物品**。」

「——這種，愚蠢的手段（Munchkin）……!」

詛咒你，詛咒你。連詛咒與怨恨的吶喊，都無法傳出魔法袋。

過沒多久，吸血鬼被扔進無邊無際的虛空————

「再見。」

光芒在剎那間消失殆盡，彷彿對他的慈悲。

§

戰鬥的結局跟開始時一樣突然，輕易落幕。

吸血鬼剛被吞進袋子，主人從同一個次元消失的屍體就立刻崩解。

只剩下塵埃、堆成山的灰燼。以及冒險者們——有生命的存在的呼吸聲。

戒心尚存——他們並未解除警戒。所有人都拿著武器或觸媒，觀察周遭。

畢竟吸血鬼沒有消滅，搞不好還留有一手，搞不好會撕裂袋子跳出來。

而打破刺耳的沉默的，是過於隨便的簡短的一句話。

「幹得好。」

哥布林殺手用肩帶牢牢繫緊袋口，撿起腳邊的頭骨。

是履行職責後消散的龍牙兵。這位不會說話的隨從，不曉得救過他們幾次了。

——有辦法報答嗎？

不管是對什麼東西。不管是對誰。他至今仍未找到答案。

自己做得到的事，頂多只有殺小鬼。

「……活下來了？活下來了對吧？」

哥布林殺手斬斷緊繃的絲線後，妖精弓手乾脆地跟著開口。

她仰躺在滿是灰燼的地上，不顧形象伸長四肢。

森人一露出有如玩累的孩童的笑容，便會散發足以讓人吟詩作對的優雅氣質，這正是他們的厲害之處。

「啊——討厭，累死了……！結果還錯過比賽的精采部分……！」

「真不敢相信森人公主是這副死樣子。」

聽見那天真爛漫的發言，礦人道士半是傻眼半是佩服地哈哈大笑。

沒錯，這位森人公主對於王都的比賽能夠順利進行深信不疑。

說不定會遇到一點冒險（問題），不過冒險（問題）是他們的工作（生意）。

有冒險者在，他們的同伴——女神官也在，不可能有任何問題。

——我的想法也跟她差不多就是囉。

「哎，希望能就這樣結束。我的法術一個都不剩咧。」

「貧僧也是。」

與吸血鬼直接互毆，用光法術、耗盡體力的蜥蜴僧侶無奈地說。

他坐在地上，疲憊到如果放著不管，可能會當場蜷縮起來。

蜥蜴僧侶摸著手中的地母神法杖，緩緩歪過長脖子。

「不過那廝看到骨頭會停止行動的原因，還是沒弄清楚吶。」

「我本來並沒有抱持期望。」哥布林殺手將骨頭扔給蜥蜴僧侶。「運氣好。」

「然也，然也。」

「那可是我的主意，誇我幾句吧。」

「那當然。」哥布林殺手的鐵盔上下晃動。「我就想不到。」

「我不覺得這是在誇我。」

妖精弓手板起臉，不過從那晃來晃去的長耳來看，她心情似乎不錯。

既然龍牙不夠，把它變成龍牙兵增加數量如何？

儘管不能當成觸媒，骨頭就是骨頭。吸血鬼搞不好會中計——

妖精弓手靈機一動想出的策略，卻絕對不是關鍵。

——魔法袋嗎？

牢牢綁緊的袋子一動也不動。裡面沒有**生物**。這很正常。

將龍牙兵放進去**保存**，在敵人面前放出來。

拿來當盾牌用，如果敵人被碎掉的龍牙兵吸引注意力更好。就算沒有，能防住一回合便足矣。

因為必要的是將他收進魔法袋的那一動（Action）。

「希望歐爾克博格也能學到教訓，稍微帶一點魔法道具在身上。」

「剿滅小鬼用不到那麼好的東西。」

「嗯——」

聽見這冷淡的回應，妖精弓手故意吐出舌頭，擺出一張臭臉。

但這傢伙是這種個性，又不是一天兩天的事。

——不靠爆炸、火燒、水攻就收拾了吸血鬼？那麼——

好吧，以歐爾克博格而言，算表現得不錯了。

「不過啊，嚙切丸。」

礦人道士小口舔著所剩無幾的火酒，突然提問。

「要是那傢伙收不進袋子，或者收進去又跑出來，你怎麼辦？」

「沒有什麼特別的計畫。」

哥布林殺手的答案很簡單。

「我打算把剩下的火焰祕藥從袋子裡倒出來，用炸的。」

妖精弓手默默昂首望天。

§

在那之後——吸血鬼的下場如何，用不著多說。

不是從袋子裡被扔到陽光底下，就是有火把塞進袋子，直接被炸飛。

抑或兩者皆是，總而言之，自己是如何變回灰燼的——

吸血鬼肯定直到最後一刻都不明白。

§

「嘰嘰嘰嘰嘰呀啊啊啊啊啊啊啊啊啊啊啊啊！！」

「唔、喔……!?」

隨著彷彿猴子的咆哮揮下的一劍，沉重如閃電。

理所當然淪為守勢的騎士，不可能有時間開口說話。

不對，圃人少女本來就不打算給他多餘的時間。

傳遍鬥技場的，是比任何一隻怪物都還要高亢的怪鳥聲。

飛撲——沒錯，踩著跳躍般的步伐使出的一擊，速度快得肉眼無法捕捉。

而這樣的斬擊瞬間累積了十、二十、三十次。

「這種……！雜亂無章——彷彿只是在亂揮木棍的攻擊，怎麼可能稱得上劍術……！」

光是能反射性舉劍，騎士的反應就值得讚許。

即使那把劍沒能抵禦攻擊，被彈了開來，刀背還是沒砍進腦袋。

「咿咿咿咿咿咿咿呀呀啊啊啊啊啊啊啊啊啊啊！！」

——她瘋了……!?

鐵盔底下，騎士臉色蒼白，神情僵硬。

緊逼而來的對手——矮小得要低頭才能看清的圃人少女的身軀，實在不像他認知中的圃人。

他覺得眼前彷彿是比自己高大一倍的巨人，後退了兩、三步。

——不過，她只會埋頭猛衝而已！既然如此！

「唔、哇!!」

他的劍高高舉起，揮下去時卻沒看見圃人少女的影子。

嘶。圃人沒穿鞋的腳掌擦過沙子，滑步閃向後方的速度也並不尋常。

正因為有圃人強韌的腳底，才能將這可怕的劍技發揮得淋漓盡致。

指導少女劍術的老翁，簡短地這麼說過。

圃人老翁曾經是冒險者。在挑戰深山下的大迷宮時，腳底被貫穿了。

少女不知道是陷阱還是怪物害的。

她只知道，祖父的習劍之路就此斷絕。

——這不是強力的劍。是快速的劍。

唯一的指示是叫她整天敲打木樁的祖父如是說道。

——快速的劍必須是寄宿鬥志的劍。沒鬥志的劍只是一片金屬。

發出吆喝聲，敲打木樁，直到喘不過氣、失去意識為止。不停敲打。維持姿勢，累積次數。

——不過，寄宿鬥志的劍不能帶有心。因為劍沒有心。

這是為了讓自己在任何時候、任何地方都能訓練的工夫。

就算被其他人鄙視、嘲笑、斷定自己做不到。

——所謂的心，是在揮劍的期間跟閃電一樣自然顯現的。

祖父過世了。因為流行病而驟逝。突然得令人不敢相信。

其他人說，這樣那女孩就不會再幹蠢事，乖乖嫁人了吧。

不顧她的意志，想要讓她照著別人鋪好的路走。

噁心透頂。她決定不予理會。所以她現在才會在這裡，來到了這裡。

「嘰咿咿啊啊啊啊啊啊啊啊……!!」

「唔!?妳到底想做什麼——這麼，荒謬的劍術……！」

管他的，聽不見。少女已經什麼都沒在思考。

存在於腦中的，只有一、兩個念頭。

揮劍、前進；揮劍、前進；揮劍、前進。

心裡有人在大叫著「上啊！」——是那名受到眾人嘲笑的少女。

上啊！為了那個小女孩。

上啊！為了祖父。

上啊！為了不知道在想什麼，性格乖僻的師父。

上啊！為了牧場的姊姊。為了那些心地善良的邊境小鎮居民。為了朋友。

上啊！為了將自己帶到此處的他。

「嘰咿咿咿啊啊啊啊啊啊啊啊啊啊啊!!」

「……!?可惡……!?為什麼——為什麼……!?」

她的劍充滿神氣(Flare)。

遍布四方世界的人們的思緒、意志，透過羈絆(Pass)像呼吸似地寄宿於其中。

此乃企圖隨心所欲改竄世界的人，絕對無法理解的光輝。

正因如此——沒錯，正因如此，鬥技場的某處發生太陽般的爆炸時。

「嗚啊!?」

「呀啊啊啊啊啊啊啊啊啊啊啊啊啊啊啊啊啊啊啊啊啊啊！！！！」

騎士的眼睛被那道光灼燒，向後仰去，少女則背對光芒蹬地一躍。

八分之一拍。再十分之一。再十分之一。十分之一的十分之一。

白刃於賽場上奔馳，儼然成了閃電本身。

「——————!?!?!?」

騎士發出無聲的悲鳴。

舉起來抵擋的劍斷了，可以說是幸運女神的恩賜。

劍刃正面撞上被甲冑覆蓋的肩膀，隔著裝甲擊碎骨頭。

騎士垂下左臂，忍不住倒地，痛得在地上翻滾。

「啊、啊——⁉到、底……⁉好痛……………！？！？」

勝負已定。

圃人少女將揮到底的劍往旁邊一擺，用顫抖不已的手收入劍鞘。

好不容易贏了。

全身沉重如鉛，汗如雨下，她甚至覺得腳邊有一攤水。

快要腿軟的她努力站穩。一吸氣，胸部就跟著上下起伏。

快昏倒了。耳朵在嗡嗡作響，聽不見聲音。聽不見？不對——

「————————‼」

那是少女的名字。

觀眾席一片狼藉。到處都是怪物的屍體和血跡，座位粉碎、破裂了。

不過——即使如此，人們仍在歡呼。呼喚她的名字。

結束戰鬥的冒險者、士兵、回到鬥技場的觀眾。

都在呼喚少女的名字。

「————」

起初，少女只是茫然地站在原地。

她不敢相信。會有這種事嗎？作夢都沒夢過。怎麼可能。

她用泛著淚光的雙眼環視周遭，然後踉蹌著邁步而出。

第一步走得搖搖晃晃，第二步絆到地面，第三步則身體傾向前方，飛奔而出。

目的地自不用說。

嬌小的身軀直接倒下——抱住紅髮少年。

「我們贏了（We Are The Champion）——我的朋友！」

「唔、喔、哇啊啊……!?」

少年承受不住她的衝撞，腳步不穩，就這樣倒在賽場上。

少女的體溫、柔軟、香氣。激動。興奮。喜悅。羞恥。所有的情緒交織在一起。

在哭泣的是自己還是她？連這都無法分辨。

兩人哭得一把眼淚一把鼻涕，擁抱彼此，但少年還是管不住嘴。

「妳這個……白痴，什麼冠軍啦!?」

「因為……!!」

她抽抽噎噎，淚流不止，連鼻水都流出來了，實在很沒形象。

可是——他不禁覺得很美。

「又不是決賽……！」

為了掩飾這樣的心情，少年如此吶喊，懷著千思萬緒揉亂少女的頭髮。

少女「哇啊啊」地尖叫，聲音立刻轉為笑聲，傳遍鬥技場。

然而——在此就引用某個英雄傳說中的一句話，為本章作結吧。

那一天，讚頌**圃人劍豪**的聲音於鬥技場迴盪，久久不散——

間章『閱畢請燒毀』

Your Eyes Only

冒險者是垃圾(Trash)。

一名男子背對著撼動鬥技場的盛大歡呼，走在鬥士使用的地下通道上。

隨從不知不覺不見了，馬也不在，他連甲冑都脫不掉。

骨頭碎裂的肩膀又重又燙，每次呼吸都帶來撕心裂肺的疼痛，左手垂在身側。

任誰來看都是輸得體無完膚的敗者。不過——

——竟然放著那種沒規矩的傢伙恣意妄為，國王到底在想什麼？

男子腦中沒有敗者對勝者高貴的敬意，而是汙衊及憎惡。

不，歸根究柢。

單憑武技競爭乃極度野蠻的行為。根本是在歧視弱者。

要是其他國家知道我國如此野蠻，後果會是如何？光在腦中想像，男子就忍不住顫抖。

別國更加文明、開明。不能放任這個國家墮落下去。

聽說東方的草原、沙漠的國家、北方的凍土，都沒有冒險者。
我國也必須成為一個進步的國家。
一切都只為了達成這個目的。
——可是。
大賽卻以這種放縱又頹廢至極的形式揭開序幕。
本以為王妹能成為通往更加美好的未來的基礎，她卻依然蒙昧無知。
還使用武器，對混沌勢力挑起鬥爭，背離和平。
這副德行實在無法創造更美好、更強大的世界。
——果然該宣揚我的意志給貧窮無知的人知道……
民眾思慮不周，才會輕易受騙。想傳達真實與正義相當困難。
世界的黑暗處有數不清的陰謀及策略在盤踞，必須由知情的自己加以導正。
不管怎樣，得先除掉那個國王——
「——————……？」
這時，男子終於察覺到異狀。
——好安靜。
走道上沒有半個人。只有他一個。孤單地佇立於此的自己。
這種事不可能發生。

比賽期間——就算受到怪物的襲擊，不如說正因為受到怪物的襲擊，總該看到士兵或其他人。

再說，從魔穴湧出的怪物，八成就是從這條走道入侵的。

但看這情況——

「看卿這個態度，好像並沒有乾脆地認輸啊。」

「…………!?」

聽見聲音——男子才意識到那個人的存在。

悠然站在前方，彷彿要擋住他的去路的——是一名騎士。

銀髮侍女如影隨形地待在旁邊。

男子停下腳步。聲音卡住了一瞬間。他沒有放在心上，接著大罵：

「你這傢伙是誰？這裡只有相關人士才能進入……！」

看見對方像要炫耀似地帶著一個小女孩，男子的厭惡感不受控制地反映在語氣上。

「而且你好歹是騎士，竟然帶著淑女在戰場上走動，實在丟臉。」

「喂喂喂，身為舉辦方，總該掌握選手的詳細資料吧。」

「你說什麼……？」

「我的意思是，我就是相關人士。」騎士似乎在笑。「我是選手。」

他觀察騎士的裝扮，並未察覺到銀髮侍女彷彿要刺殺他的視線。

然後想到了。

有幾位參加比賽的騎士，因為各種原因不便公開家名。

跟戴著交易神聖印的少女們站在一起——沒錯，記得這位騎士也在場。

啊啊，看吶，那閃亮奪目的裝備。

在黑暗中仍能綻放耀眼白光的鎧甲、盾牌、頭盔、護手，以及腰間那把劍。

治癒加護、破邪之光、不凍的守護、原初之火、渦旋之風。

渾身裝備令人瞠目結舌的魔法武具，其名為——

「金剛石騎士（Knight of Diamond）……！」

那只不過是某種傳說，街頭巷尾口耳相傳的故事、童話，應該是這樣才對。

最近幾年迅速在市井之民口中擴散開來的、單純的幻想，應該是這樣才對。

隱藏相貌，在黑暗中討伐邪惡的都市騎士（Street Knight）。

然而，那位金剛石騎士如今就站在男子面前。

——荒謬的名字……！

什麼金剛石啊，自詡為金剛石，未免太厚顏無恥。

再說，他看到黑心商人、貴族、邪教徒就會殺無赦的話，不就跟殺人鬼一樣嗎？

國王放著這傢伙不管，正是他無能的證據！

「……殺人鬼。竟敢像那樣高高在上地制裁他人，你以為你是正義的化身嗎？

我是不會承認的。」

「若我是惡人那也無妨，不過該在允許我參賽前說吧。」

面對男子的指責，金剛石騎士卻回以冷淡的失笑。

「現在的問題是卿。」

「什麼……？」

莫非你要對我動手？男子臉色大變。不是出於緊張，是嘲笑。

那不正是金剛石騎士身為惡徒的證據嗎？

不用為自己的行為感到羞愧。

男子正想開口譴責金剛石騎士的所作所為——

「關於卿的所作所為，詳情送到了水之都。我請大主教下達判斷。」

一封信堵住了他的嘴。

「整個過程好像經歷了一番波折。疑似有許多不便公開的事，受到各種阻礙。」

金剛石騎士拿著一封信。

男子不知道那封信送到他手中的經過。

送信的期間有幾個人送命、展開了什麼樣的冒險——

完成任務的密探究竟是什麼人？討論這些沒有任何意義。

無論變換幾次樣貌，無論迎接幾次死亡，都愛著同一種酒，使用同一種武器，將不可能化為可能的男人。

那位俊俏男子任務從未失敗，成果確實存在於此。

不過，那種暗鬥、搬弄權術之事，與這名男子無緣。

會去做那種事的，全是幹過虧心事的邪惡之徒。

「我收到的回應是，這件事跟教義和神殿的意向無關，是卿一個人的獨斷專行。」

「竟然相信那種人說的話。她可是被小鬼襲擊過，心靈受創的可憐女子！」

又來了。金剛石騎士又想拿女性當擋箭牌。

真是令人鄙視的傢伙。這樣哪稱得上騎士。男子的舌頭靈活地動作。

「其他人看她無法下達正確的判斷，把她拱上高位，她不就是律法神殿的人的傀儡嗎？」

「卿似乎挺喜歡揭開別人的瘡疤。」

「我沒有那個意思！」

那句反駁使男人聽見血氣上湧的聲音。

他連左肩的疼痛都拋在腦後，激動地大吼，口沫橫飛。

「我只是認為人們不該被『立下功績就是英雄』這個過時的觀念束縛住——」

「當然，諸神的教義應該要不斷更新，但這不是該由卿一個人決定的吧。」

再說，至高神的正義並非排斥邪惡，而是持續探求善惡為何物。

「告訴我一件事。」

他卻將消滅邪惡視為正義，既然如此——

「你到底受到哪位神明的啟示？」

咻。不通風的走道不曉得從哪吹來一陣風。

那陣風帶來刀刃般的寒意，從騎士、侍女、男子之間穿過，憑空消散。

只剩下苦澀的灰燼味——隱約瀰漫於空中。

「什麼————」

——這個騎士到底是怎樣……一直胡說八道！

男子沒發現自己的手伸向腰間的劍，眼裡燃起憎惡的怒火。

什麼金剛石騎士啊。真沒想到這個不聽話的傢伙會被授予金馬刺。

那身裝備肯定也是在哪個戰場上搶來的。

「你沒資格對我做的事說三道四！你到底——以為自己是什麼人!!」

「問我是什麼人嗎？」騎士——金剛石騎士似乎笑了。「真巧，我也想問同樣的問題。」

「……什麼……？」

「卿的發言宛如視情況變更路線的刀刃。沒有道理可循。」

侍女聞言，無奈地搖頭。

她用冷澈如冰的雙眼凝視男子，咕噥道：「你都知道還陪他講那麼多。」

他對那個表情、那個動作有印象。

情報在腦中組合成他想看見的形狀，發出聲音連接在一起。

「原來如此，你是國王的走狗！」

她是國王的侍女。

這正是國王和金剛石騎士勾結的重要證據。男子露出得意的笑容。

多麼愚蠢啊。這個證據足夠把國王拖下王座了。此乃千載難逢的良機。

握住劍柄的手湧起力量。還不能拔劍。需要有個正當理由對他動武。

不過，正當理由照理說是有的。因為那傢伙看不起他。

我憎恨的對象、厭惡的對象，不可能不是邪惡之人。

「想貶低我也沒用！我一定會揭發你們幹的好事，讓你們受到制裁……！」

沒有回答。

金剛石騎士稍微推起鐵盔的面罩，代替回答。

「卿忘記朕長什麼樣子了嗎？」

「————！？！？！？」

下一刻，男子撲向金剛石騎士。

嘴裡發出意義不明的咆哮，右手握緊劍，高高舉起。

連那把劍已經有一半被砍飛了都沒發現。

目光猙獰、齜牙咧嘴，享受蹂躪對手的表情，根本不是人類。

站在那裡的已經不是人類，僅僅是一隻聽信外神誘惑的穢者。

「嘎、嘰啊啊啊!!」

「話先說在前頭，理由不是卿一直反對朕的政策。」

結果理所當然。

「是因為卿對朕的**妹妹**出手了。」

那種東西敵不過金剛石騎士。

纏繞真空刀刃的寶劍輕易砍斷穢者的腦袋，造成致命一擊。

男子的視野於空中轉了一圈，在地上彈了一、兩次——動作戛然而止。

銀髮侍女迅速朝失去魂魄後仍舊在地面蠕動的身體揮下短劍。

因為這種生物，連讓他死得光榮的必要都沒有。

「……所以，」

一次、兩次。她用短劍精準刺穿、鑿爛心臟後，起身說道。

侍女服上一滴血都沒沾到，依然是瀟灑清秀的完美隨從。

「就安排成他在比賽上受傷，治療後的恢復情況不理想，傷重身亡？」

「這樣會毀了那位少女的勝利。」

「那怎麼辦？」

「怎麼？妳不知道嗎？」

金剛石騎士甩掉寶劍上的血，威風凜凜地將其收入劍鞘。

跟在這座王都與不死之王對峙時並無二異——明明過了那麼多年。

「他以前就得了胃病，想在參加完這場比賽後隱居，將繼承權讓給親人。」

「那就這樣。」

銀髮侍女對這件事沒有更多的興趣，只要不會造成問題就好。

反正到時辛苦的是紅髮樞機主教，不是自己。

而且——

與邪教勾結，妨礙比賽舉辦，企圖在王都掀起恐怖主義(Terror)的浪潮。

不僅如此，為達目的——不是因為她是王族！——那男人還想詛咒那女孩。

少女心中沒有任何的慈悲可以施捨給這種人。

——可是，沒辦法。

政治雖然麻煩到不行，公私還是要分明。正因如此才能成立。

因為個人喜好、看對方不順眼，索性殺光所有人——

——不就跟這傢伙一樣嗎？

「……唉，當冒險者搞不好還比較輕鬆。」

她碎碎念了句，金剛石騎士堅硬的手甲的重量，從銀髮上傳來。

她不希望頭髮被揉亂，也不會這麼簡單就被唬弄過去。

侍女擺出比平常更不開心的表情，噘起嘴巴——

「……我要離開一下，去處理這傢伙的事。」

卻沒有撥開頭上的手，而是將自己的手覆蓋在其上。

「你別拿出實力啊。」

「為何？」

「你把從魔穴湧出的魔神——」

她望向連屍體都融進靈素裡消失不見，平凡無奇的走道。

「都一網打盡了，還不滿足嗎？」

「但這個機會可不常有。」

這位騎士大人卻是這副德行。

他咧嘴一笑，語氣輕描淡寫，跟想去龍穴時一樣。

「畢竟對手可是深得交易神的恩寵，帶著一把鐵槍的綠衣少女。」

「不是帶著聖劍的勇者嗎？」

「怎麼可能。」

金剛石騎士對銀髮少女的嘲諷置若罔聞。就是因為這樣，她才會這麼辛苦。

「唉……」

銀髮侍女露出無奈的淺笑，金剛石騎士用手指輕輕梳理她的頭髮，邁步而出。

鬥技場的混亂平息了。既然如此，比賽很快就會繼續舉辦，也必須繼續舉辦。

因此中止比賽，豈不是正中敵人的下懷？

沒道理向燒盡一切的死灰之神、邪神之流屈服。

因為，那個邪神只是在打著正義的旗幟放火，或是為了放火才舉起正義的旗幟。

——真正和平的世界，必須是每個人都能發自內心展露笑容的世界。

離開前，他看了一眼倒在地上，淪為沒有生命的肉塊的男子。

——希望這個可悲男人的靈魂，能如他所願平等受到制裁。

……金剛石騎士如此心想。

終章『妙哉人生！』

「慈悲為懷的地母神呀……」

「請以您的御手──」

「「潔淨這塊土地。」」

呢喃、祈禱、詠唱。祈求祝禱的儀式，在兩位神官的主導下順利進行。

通往奈落深處的鑽地之魔，魔穴。

石室的地板上，紅黑色的火輪及看不穿的黑暗，正在切割世界。

王城中樞有這種地方，而自己要負責封印它。

──從來沒想過……！

輕柔溫和的磷光於四周飄舞。

中心是受到地母神祝福的聖杖。

兩位相貌如出一轍，卻截然不同的少女站在兩側。

當然不可能相似。當然會相似。

一個是在邊境的孤兒院長大，立志成為冒險者，穩紮穩打地一步步向前邁進的少女。

一個是以王妹的身分長大，遭遇重大挫折，重新站起來的少女。

雙方的意志、資質、身分、經驗相差甚遠。

但她們曾經對立過。曾經幫助過。曾經受到幫助過。

如今，兩人正在聯手舉辦一場儀式。在沒有任何共通點的情況下。

這件事——四方世界的眾神予以肯定。地母神，回應了兩位少女的願望。

強力又柔和溫暖的光芒覆蓋房間，彷彿在用手掌將它整個包覆住。

蓋過一切的白光像融化似地消散後——

「呼……」

那裡只剩下一個不祥氣息消失的大洞。

「辛苦了。這樣就結束了……對吧？」

「嗯，謝謝！」

女神官摸著平坦的胸膛鬆了口氣，王妹神采奕奕地撲過去抱住她。

雖說她的身體變得愈來愈強壯，纖細的身軀還是踉蹌了一下，女神官發出「哇」一聲的尖叫。

不曉得原因為何，折磨王妹的詛咒，在聖杖送達前就消失了。

一晚恢復精神的她，最先做的是深深哀嘆沒看見熱鬧的比賽。

至於女神官，她不認為自己和夥伴們的奮鬥是徒勞無功——

——太好了。

她誠心感到喜悅。

「可是，這樣好嗎？」

她抱著跟自己同年卻玲瓏有致的身體，納悶地問。

「什麼東西？」被她在這麼近的距離下注視會心跳加速，是為什麼呢？

明明跟自己長得很像，表情卻完全不同。女神官覺得很不可思議，揚起嘴角。

「把這麼重要的任務交給我……那個，還是兩件。」

「除了妳以外沒人做得到，妳怎麼能擔心這個呢……」

「是沒錯……」

以地母神神官的身分舉行祭祀儀式，還有當王女的替身。

——跟《乞丐王子》一樣呢。

或是跟公主交換的扒手少女。

世上有許多這樣的冒險故事，但女神官萬萬沒想到，自己也會成為其中的一部分。

「啊啊——好好喔。我一直在睡耶。」

「幸好您平安無事。得知您受到詛咒的時候，我真的很驚訝。」

「竟然要把我拿去當活祭！」王妹殿下愉悅地笑著。「這是第二次了，第二次！我受到的詛咒其實是這個吧？」

聽見這個不好笑的玩笑，女神官也不禁失笑。

「要這樣說的話，我去剿滅小鬼的次數也多到數不清喔？」

「啊……」

王妹露出難以用言語形容的複雜表情，女神官面露疑惑。

「真的沒關係嗎？」

這個問題剛問出口，王妹就急忙補充：

「我當然很感謝妳喔？這次和上次都是。不過這跟那是兩回事嘛。」

「嗅……」女神官點點頭。「沒關係的。」

「真的？」

「是的。」

她謙虛卻懷著一點自信，驕傲地挺起平坦的胸膛。

「我已經習慣剿滅哥布林了！」

王妹默默掩面，昂首望天，彷彿在向地母神祈禱。

那個動作實在太像她的朋友，女神官輕笑出聲。

§

整理好儀式場地後，女神官將地母神之杖還給王妹，離開魔穴。

由於這是國家的重要機密，門後並沒有夥伴在等她。

王城的走廊是前所未見的美麗、豪華。

地毯的絨毛長到腳會陷進去，窗戶及窗邊都綴有金屬雕刻，美不勝收。

牆上還掛著攜帶四大結晶的光之戰士，以及前去研究龍的一族三代的掛毯。

陽光從透明如冰的窗戶照進室內，溫暖宜人，閃耀著金色，可是——

——為什麼這麼大？

她心神不寧。

要論大小的話，神殿和寺院給人的感覺，明明比王城的走廊大得多。

——還沒聽大家分享這次的冒險呢。

跟夥伴們分頭冒險並不稀奇，但這不代表她不會好奇。

她迫切地想告訴其他人，自己也很努力。

現在大家應該在收拾東西準備回家，大概在城門附近吧？

著急的女神官稍微小跑步起來，走在空曠寬敞的宮廷走廊上。

這麼做可能會被罵沒規矩，可是在城裡奔跑——

——也是一種冒險吧？

「……呵呵。」

浮現腦海的藉口令她莫名喜悅，腳步自然而然變得輕快起來。

小心不要撞到東西，小心不要摔倒。彷彿在用十英尺的木棍探路。

在轉角處轉彎時，注意可能會觸發隨機遭遇（Random Encount）——

「噢，原來妳在那。」

「哇……!?」

女神官下意識叫出來，接著急忙抬頭挺胸，脫下帽子。

彎過轉角，她看見的是讓人聯想到年輕雄獅的美男子。

——想不到會在這種地方遇到國王陛下——！

當然，正因為會遇到，才是隨機遭遇。曠野都會遇到龍了。

「呃、呃，那個，對不起。失禮了——！」

「無妨。」

國王愉快地擺手，接受女神官的道歉。

「要說失禮，我才給妳造成了困擾及麻煩。」

「怎麼會……」

「之後我會派人將謝禮……和報酬送到西方邊境。辛苦妳了。」
「不、不敢當……」
女神官好不容易從喉嚨擠出細若蚊鳴的聲音。
「嗯。」國王點了下頭，盯著女神官的臉看。
「…………？」
女神官快要嚇昏了，有種中了石化詛咒的感覺。
全身僵硬，卻因為坐立不安的關係，忍不住扭動身軀。
但那都是因為緊張——神奇的是，並不會感到不適。
不久後。
國王閉上眼睛，深深吐氣，以平靜的語調詢問女神官。
「冒險開心嗎？」
「是的。」
她毫不猶豫地點頭，臉上帶著羞澀的微笑。
再怎麼說，那都是她能自信回答的內容。
「雖然有許多混亂、麻煩、辛苦的事要處理……」
「這樣啊。」
冒險還是很開心。年輕國王瞇細眼睛，附和女神官。

「我也懂這種感覺。懷著滿心期待想要前進……結果大吃苦頭。」

他懷念地摩挲脖子，女神官完全不懂這個動作的含意。

不過與此同時，她明白那是這位偉大人物經歷過的冒險的回憶。

只有這個人知道，其他人無從想像，珍貴的冒險回憶。

——自己也有。

那樣的冒險回憶。短短數年份。今後還會繼續增加，增加到她的記憶無法容納。

「……」

年輕國王不知道是不是看穿了女神官的想法。

他微微揚起嘴角，立刻緊抿雙脣，彷彿那抹笑容只是轉瞬而逝的幻覺。

然後帶著令女神官忍不住屏住呼吸的嚴肅神情，只說了一句話。

「請跟我妹好好相處。」

「好的！」

女神官依然回答得毫不猶豫，一副這麼做再理所當然不過的態度。

「因為我們是朋友！」

其中不含任何揣摩上意或講場面話的意圖。

國王因那宛如朝陽的表情瞇起眼睛，看了一會兒。

接著像在思考措詞似地陷入沉默，緩緩向她傳達。
「我以兄長的身分向妳致謝。謝謝妳。」
「不會，那個……呃，是。」
女神官靦腆地搔著臉頰，清了下嗓子。
「啊，唔，那個，那麼，我先失陪了。」
她告訴年輕國王「大家在等我」，向他一鞠躬。
然後戴回帽子，在王城的走廊上小步奔跑，如同一隻小鳥。
年輕國王默默看著她的背影，最後轉身離去。
冒險者與國王的對話愈短愈好。
事實就是這樣——也應當如是。
國王比誰都還要清楚。

§

「啊——討厭，好想贏喔——！」
「妳好吵……」
萬里無雲的藍天下，載著一箱裝備的驢馬悠閒地於街道上行走。

少年握著韁繩，走在旁邊的是用全身表現不甘的圃人少女。
她用力甩動手臂，毫不掩飾心中的悔恨，向前邁步。
拜其所賜，少年魔法師的一隻耳朵痛得不得了，他深深嘆息，說：
「把那個騎士揍飛時，就是妳的顛峰了。」
「嗚啊啊啊啊……落馬，我竟然落馬了，怎麼可能……」
這次她是在會有人經過的地方——街道上抱頭蹲下來，逼得少年不得不阻止。
驢子絲毫不把兩位主人的奇特行為放在心上，喀噠喀噠地走著。
實際上，牠真的很努力。
一般的驢子竟然能和軍馬抗衡，可以說相當優秀。
因此，戰敗的責任全在圃人少女身上。
在前一場比賽大鬧一番的她，最後耗盡體力，下一場比賽轉眼間就被撞下來了。
雖然贏過她的騎士，最後也沒能晉級決賽——
「……啊——討厭……」
圃人少女乾脆地躺到街道旁邊的草原上，展開雙臂。
少年魔法師低頭看著她，陳述事實。
「這裡可是路邊。」

「都一樣是四方世界的其中一格啦。」

她邊說邊光著腳踢來踢去，少年魔法師只回了句：「什麼歪理。」

但他並未繼續責備她，而是一屁股坐到旁邊。

「……代表妳還有進步的空間吧。」

「……對呀。」

回想起來，每位選手都是強者，他們混在裡面本來就不正常。

比如說——雖然她記得的比賽有好幾場——沒錯，比如說。

身穿交易神法袍的騎士，與金剛石騎士這號人物的對決，實在很壯闊。

至於孰勝孰敗，無需贅言……

「好厲害。」

「……對呀。」

兩人看著微風徐徐的曠野及藍天，有一搭沒一搭地聊著。

會不甘心，也會覺得遺憾。可是，一點都不後悔。

——一山還有一山高，還能爬到更高的地方。

就這麼簡單。

再說，仔細一想就知道，他們第一次參加這類型的比賽，就取得不錯的成績。

有什麼好沮喪的？因為沒能在第一次參賽時奪得第一個冠軍而不滿，叫做傲慢。

這個成績是自己的亮眼成果。他們的成果。

「…………好！」

「哇!?」

他提起勁站起身，躺在旁邊的少女嚇得大叫。

她光靠有彈性的腹肌撐起上半身，抬頭看著他。

「挺有幹勁的嘛。」

「那還用說，人生既漫長，卻又短暫，哪能在這邊磨蹭。」

「享受旅行的悠閒心態也很重要的說。」

嘿咻。少女笑著一口氣站起來，拍掉沾到臀部的青草。

「接下來要去哪？」

「還沒決定。」少年壞笑著說：「妳不打算乖乖回爺爺那邊吧？」

「如果你要提議繞路，我舉雙手贊成。」

圃人少女也以笑容回應，如同想到惡作劇的壞孩子。

目的地尚未決定。不過，目標再明確不過。

「地上最強的大劍士！為了達成這個目標，去見比我更強的傢伙吧!!」

「妳才剛見過。」

「別說！」

兩人一面鬥嘴一面歡笑，牽著驢子，繼續於街道上前行。

遲早會成為最強。遲早會去屠龍。過程既遙遠，又漫長，看不見盡頭。

然而，他和她無疑在逐步前進。

§

「辛苦各位了！」

載著一行人回去，東搖西晃的馬車中，櫃檯小姐微笑著說。

將之前的各種辛勞用一句話打發掉，實在膽識過人。

——真的發生了很多事。

坐在對面，身穿骯髒鎧甲的冒險者，對她點頭表示贊同。

「挺棘手的。」

「畢竟跟平常的團隊比起來，少了一個人。」

「或許吧。」

冷淡的回應令櫃檯小姐輕笑出聲，優雅地用手掌掩住嘴角。

因為她看見坐在旁邊的女神官耳朵張得跟森人一樣大，仔細聆聽，然後低下頭。

——還以為她稍微有點自信了。

結果還是不習慣受到稱讚。

太有自信也不好，或許這樣反而挺可愛的。

「那妳們那邊的狀況如何？」

亂成一團對吧？妖精弓手任憑從窗戶吹進的微風拂弄髮絲，向她提問。

「是的。」

牧牛妹配合頻頻點頭的女神官，露出淘氣的笑容。

「她非常帥氣喔？」

「先、先不說帥不帥氣……！」

女神官紅著臉激動地說，清了幾下喉嚨，點點頭。

「……我很努力！」

「哦，那很好呀。」妖精弓手眼中亮起星辰般的光芒。「講給我聽，講給我聽！」

「那、那麼，不好意思，占用大家一些時間……」

她輕聲清嗓，接著為假扮成公主的神官的冒險揭開序幕。

陌生的裝束。陌生的人們。能夠依靠的只有陪在她身邊的兩位朋友。

與王侯貴族見面、與騎士交談、參加典禮、出現在那裡的怪物——

只有當事人沒發現，這儼然是英雄傳說、冒險故事的精采一幕。

還聽得見坐在駕駛座的蜥蜴僧侶（Lizardman）和礦人（Dwarf）道士愉快的交談聲。

平靜、祥和、平穩又幸福的，旅途的終點。

櫃檯小姐將那溫暖的空氣吸滿胸膛，輕輕將膝蓋靠近眼前的人。

「那我就來聽聽哥布林殺手先生的冒險吧。」

「唔。」鐵盔底下傳來低沉的沉吟聲。「我嗎？」

「是的。」櫃檯小姐展露微笑。「您的冒險。」

語畢，她瞄了牧牛妹一眼。

女神官展開雙臂，向妖精弓手述說冒險故事，而她好像在負責擔任助手。

當時的情況是那樣的，是這樣的。光是加入一、兩句應和聲，故事就活靈活現起來。當然沒有注意這邊的心力。

——哎，反正回到西方後……

會是她的回合，在那之前，她稍微偷跑幾回合也沒關係吧。

能最先聽見這個人的冒險故事的特權，她應該有資格牢牢握在手裡。

直到未來他成為偉大冒險者的那一天。直到最先聽他述說屠龍逸事的那時候。

——因為，那就是我的作風！

「那麼，您經歷了什麼樣的冒險？」

「我想想……」

哥布林殺手沉思片刻，說道：

「有哥布林。」

後記

大家好！我是蝸牛くも。

哥布林殺手第十六集，大家還喜歡嗎？

我寫得很努力，如果各位看得開心就太好了。

這次是在王都接到剿滅哥布林的委託，前去剿滅哥布林的故事。

馬上槍術比賽！Tournament！Rock You！

我以前就想寫盡情寫一部以此為主題的作品，我辦到了。

馬上槍術比賽真讚。在檯面下蠢動的政治陰謀，以及隱藏真實身分的神祕騎士。

到底是哪位黑太子愛德華……也有可能是理查一世或卡爾十一世。

總之，哥布林殺手能做的事就是剿滅哥布林，所以他剿滅了哥布林。

不同於在華麗的舞臺上大顯身手的冒險，在等待著他。

世界就是有各種人做著各種事，藉此運作的。

自己只不過是一個小齒輪，這個事實對許多人來說，應該難以忍受吧。

正因如此，「與影子的戰鬥」才會困難無比……跨過這道坎是很了不起的一件事。

本作也不例外，藉由許多人的幫助才能成形。

編輯部的各位，以及宣傳、通路、出版、販售方面的各位工作人員。

這次也畫了美麗插圖的神奈月昇老師，繪製漫畫版的黑瀨浩介老師。

支持本作的各位讀者、從網路版時期就一直支持我的粉絲、統整網站的管理員大人。

以及總是陪我一起玩的遊戲夥伴、朋友們。

都是託在這裡感謝不完的許多人的福。

真的很感謝各位一直以來的幫助。

多虧各位的助力，我能做的工作好像也會增加許多。

不過我還是一樣忙得暈頭轉向，說實話快要喘不過氣了！

奇怪，《鍔鳴的太刀》不是之前才完結，照理說會多出不少時間啊……？

之前舉辦了迷宮探險競技，還去了北海、王都等各種地方。

所以下一集會有哥布林出現，預計是剿滅哥布林的故事。

我會努力寫作，希望能讓各位看得開心。

那麼，再會。

哥布林殺手

GOBLIN SLAYER!

He does not let anyone roll the dice.

浮文字
GOBLIN SLAYER 哥布林殺手16
（原名：ゴブリンスレイヤー16）

著者／蝸牛くも
封面插畫／神奈月昇
譯者／Runoka
總經理／陳君平
美術總監／沙雲佩
國際版權／黃令歡、梁名儀
榮譽發行人／黃鎮隆
美術編輯／陳又荻
文字校對／施亞蒨
協理／洪琇菁
執行編輯／丁玉霈
內文排版／謝青秀
總編輯／呂尚燁
企劃宣傳／陳品萱

出版／城邦文化事業股份有限公司 尖端出版
台北市中山區民生東路二段一四一號十樓
電話：（〇二）二五〇〇－七六〇〇
傳真：（〇二）二五〇〇－二六八三
E-mail: 7novels@mail2.spp.com.tw

發行／英屬蓋曼群島商家庭傳媒股份有限公司城邦分公司 尖端出版
台北市中山區民生東路二段一四一號十樓
電話：（〇二）二五〇〇－七六〇〇（代表號）
傳真：（〇二）二五〇〇－一九七九

中彰投以北經銷／楨彥有限公司（含宜花東）
電話：（〇二）八九一九－三三六九
傳真：（〇二）八九一四－五五二四

雲嘉以南／智豐圖書有限公司
（嘉義公司）電話：（〇五）二三三－三八五二
傳真：（〇五）二三三－三八六三
（高雄公司）電話：（〇七）三七三－〇〇七九
傳真：（〇七）三七三－〇〇八七

香港經銷／一代匯集
香港九龍旺角塘尾道六十四號龍駒企業大廈十樓B&D室
電話：（八五二）二七八三－八一〇二
傳真：（八五二）二七八二－一五二九

新馬經銷／城邦（馬新）出版集團 Cite（M）Sdn. Bhd.
E-mail: cite@cite.com.my

法律顧問／王子文律師 元禾法律事務所
台北市羅斯福路三段三十七號十五樓

二〇二三年七月一版一刷

■中文版■

郵購注意事項：
1.填妥劃撥單資料：帳號：50003021戶名：英屬蓋曼群島商家庭傳媒(股)公司城邦分公司。2.通信欄內註明訂購書名與冊數。3.劃撥金額低於500元，請加附掛號郵資50元。如劃撥日起 10～14日，仍未收到書時，請洽劃撥組。劃撥專線TEL：(03)312-4212 ・ FAX：(03)322-4621。E-mail：marketing@spp.com.tw

國家圖書館出版品預行編目資料

GOBLIN SLAYER! 哥布林殺手 / 蝸牛くも作；Runoka 譯．-- 1 版．-- 臺北市：城邦文化事業股份有限公司尖端出版：英屬蓋曼群島商家庭傳媒股份有限公司城邦分公司發行，2023.07-

冊；　公分

冊；　公分

譯自：ゴブリンスレイヤー

ISBN 978-626-356-680-4（第 16 冊：平裝）

861.57　　　　112005641